I0672971

Doble Sentido

Roberto Evora Solórzano

¿lo que lees es lo que crees,

o lo que crees es lo que lees?

863
E93d   Evora Solórzano, Roberto, 1961-
             Doble sentido : ¿lo que lees es lo que crees o lo que crees es lo
sv   que lees? / Roberto Evora Solórzano. - - 1a ed. -- San Salvador, El
          Salv. : [s.n], 2015. (Amazon)
             326 p. ; 21 cm

          ISBN 978- 99961-0-541-8

          1. Cuentos salvadoreños. 2. Literatura salvadoreña. I. Título.

BINA/jmh

Primera edición publicada en
San Salvador, El Salvador,
Febrero 2023.

Para mayor información comunicarse con
Roberto Evora Solórzano
a través del correo electrónico
robertoevora@yahoo.com

Diseño de portada, Diagramación e Ilustraciones:

para que te vean

mercadeo integral
para el desarrollo de negocios
impresionandomas@yahoo.com

El autor proporciona la información en este libro para tu
entretenimiento.

El contenido refleja opiniones, experiencias y creencias
del autor o de otras personas que se las han participado.

Las historias pueden ser verídicas o ficticias, así como
pueden ser alteradas o no con fines de adaptación a la
obra.

AGRADECIMIENTOS

A Dios por su bendición constante y su gratitud para permitirme todos los logros y ser el soporte en los momentos difíciles de mi vida.

A mi esposa Gladis Elizabeth por su continuo amor, colaboración y ante todo incomparable apoyo para realizar todo lo que emprendo.

A mis padres Roberto y Rosita por enseñarme con su vida que con tolerancia, paciencia y amor se puede hacer una unión eterna.

A nuestros hijos Angie, Violeta, Metzy y Rodrigo por de mostrarme que la familia es importante y el sentido de la vida.

CONTENIDO

COMO JUSTIFICACIÓN… 13

LA MALDICIÓN 27

AMOR A PRIMERA VISTA 29

LA DROGA 33

ELLOS 37

HOGAR DULCE HOGAR 43

CONDENADO 49

EXPLOSIVO 61

¡FAMOSO! 69

LA VIDA NO VALE NADA 77

YO PECADOR 85

INFIEL 97

VIOLADOR EN SERIE 105

LA PRUEBA DE AMOR 113

DANDO A LUZ 123

LOCO 133

LA LOCA 159

YO SOLO EL BIEN DE ELLA QUERÍA 179

HOJA DE VIDA 223

LIBROS DEL AUTOR...227

COMO JUSTIFICACIÓN...

Este libro nació por una mentira.

Por favor no andes diciendo por ahí que soy un mentiroso, porque ésta es la única mentira que he dicho en toda mi vida. (¡vaya! ya estoy mintiendo otra vez).

La historia comienza en 1982. Me encontraba en segundo año de universidad y al salir de la clase de "Lectura Dirigida", me abordó el maestro.

- Bachiller Evora, necesito hablar con usted.

El doctor Hugo Lindo, maestro de esta cátedra y decano de mi facultad, era también uno de los profesores más estrictos, aunque ecuánimes de la universidad.

- ¿Diga Doctor?

- No bachiller, en mi despacho.

La expresión mía quizás cambió, porque mis compañeros que escucharon la conversación se me acercaron y empezaron a cuestionarme.

- Hey Roberto, ¿qué pasó.

- ¡Hoy si Roberto, te metiste en problemas!

Era otra clase que –siendo unas de mis favoritas- había estado haciendo mis participaciones salpicadas de humor.

El punto es que siempre he sido un fiel creyente en la alegría como vitalizante de la existencia, lo que a veces me ha llevado, a hacer uno que otro comentario para entusiasmar el ambiente.

En la universidad al hacer estas observaciones -aun cuando iban relacionadas al tema-, ciertos maestros afirmaban que rompían la naturaleza del estilo serio y magistral que debía tener la asignatura.

Los catedráticos interpretaban la conducta como un reflejo de mi novel experiencia – tenía 21 años en ese entonces- sin embargo, aún ahora cuando ya ha llovido mucho, soy siempre creyente que una actitud alegre genera una disposición energética positiva hacia la vida y por supuesto contagia a otros ayudando a sobrellevar nuestra existencia.

En aquella oportunidad parecía que no era así. Al menos mis compañeros así lo presentían.

El doctor Lindo, siendo el decano de la facultad y a sus 65 años no era reconocido como un docente de mucha paciencia para estas conductas, por lo cual, en su clase, yo reprimía –al menos un poco- mi conducta jovial, para evitar problemas.

Me dirigí a la oficina del Decano, pensando mil cosas: ¿será que me he equivocado siempre y la "actitud alegre que genera una disposición energética positiva...", sería sólo la filosofía de un pobre novel e incomprendido?

Entré en el despacho.

Era la primera vez que llegaba, por lo que me impresionaron los muchos diplomas y reconocimientos que el doctor tenía en las paredes. Siendo el doctor Lindo un escritor conocido internacionalmente, era hasta increíble que me sintiera así, considerando también que el maestro había desempeñado varios cargos diplomáticos.

- Adelante bachiller

Trataba de escudriñar la expresión del Decano, procurando descubrir lo que mis amigos me habían mencionado en el aula.

"Ya ves Roberto, ya te habíamos dicho que te calmaras"

"Tú mucho bromeas"

"Peor con el Doctor, él es un maestro muy estricto"

Con el Doctor Lindo, traté de minimizar mi conducta.

- Disculpe Doctor, es que a veces no me comporto bien.

- Si Bachiller, ya me he dado cuenta, pero por el momento quiero hablar de otra cosa.

- ¿Cómo? Yo pensé...

- Lo he observado por mucho tiempo y veo que es un joven muy inquieto. Bromea bastante, pero veo que su desempeño en la universidad demuestra que es también un estudiante muy aplicado.

- Gracias Doctor.

- No, sino lo he llamado para felicitarlo. ¡Debería mejorar su conducta! No sé por qué, según usted, las clases necesitan la cuota de humor que les pone. Y esto no es sólo mi opinión. Muchos maestros me han comentado lo mismo.

- Ah, yo sólo...

- Si entiendo, usted está muy joven...

- No pretendo molestar...

El doctor dejaba de mirarme, levantaba la vista al techo y hacia rechinar su dentadura, un tic que utilizaba cuando tratada de esclarecer sus pensamientos.

- Mire bachiller, eso que usted hace, "lo del doble sentido", no tiene nada de nuevo. Ya en mi tiempo de mozuelo (usaba palabras muy rebuscadas), era habitual su empleo, aunque se estilaba de una manera sobria y elegante.

Arrellanándose en el sillón, seguía observando a lo alto y recordando otros tiempos.

Continuó.

- Aunque le parezca insólito, esa "añagaza" y "baladí" forma de hablar ("porque no traje el diccionario, me preguntaba"), ya se empleaba como una manera caprichosa y engañosa para poner a prueba la mente del interlocutor, dando unas escasas señales dentro del mensaje, que le permitiera descubrir la historia final.

El doctor Lindo, aun observando el techo de la oficina, dejaba mostrar una tímida sonrisa, como reviviendo aquellos tiempos cuando de joven hacía estos juegos de palabras y que ahora de mí, le parecían inadmisibles.

- En este tiempo mi estimado bachiller, veo que el mensaje se estila "cándido", "soso", "inapetente" y hasta "empalagoso", volviéndolo al final, falto en extremo de gracia y viveza.

Pensé. Nunca en mi vida me habían hablado con tanta elegancia para darme una opinión negativa de lo que hacía. Pero viniendo de Hugo Lindo, un personaje representativo de la gran admiración para este "pueril y humilde mortal", me sentía sorprendido que se hubiera fijado en mí. Por otro lado, con una diferencia generacional entre ambos de más de cuarenta años, era de esperar que no únicamente la forma de hablar, sino muchas otras discrepancias permitieran una visión un tanto opaca de ambas épocas.

Para mi ver, siendo la historia un proceso cíclico, las cosas se repiten, las modas y conductas también. Por mi parte, yo definía la plática, como el abuelito, comparándose con su nieto, y describiendo la desavenencia con la máxima de "todo tiempo pasado fue mejor".

El interrogatorio siguió.

- ¿Qué lee usted, bachiller?

Quise impresionarlo y mencionar mi gusto por "El paraíso perdido de Milton" o que estaba leyendo "El Tratado de Semiótica General de Umberto Eco" (libros que en el futuro leería obligatoriamente en mi preparación académica y no omito, me darían momentos de ansiedad, por su densidad y no fácil lectura), pero fui honesto y comenté que mi gusto más estaba por el lado de la novela y la historia.

- ¡Ah! La historia. Ese género es uno de mis favoritos -y agregaba- ¡Si desconocemos la historia, estamos dispuestos a repetirla!

- De acuerdo –dije buscando aprobación-

El doctor dejó la mirada de ensoñación hacia el techo y observándome soltó la pregunta del millón de dólares.

- ¿Y usted escribe, bachiller?

- Si –dije tímidamente-

- ¿El qué? ¿Poesía?

- No –tratando de parecer muy seguro- Escribo cuentos.

Me sentía muy incómodo, porque si bien leía mucho para entonces, el escribir no era aún una actividad que practicara.

De repente, veo que don Hugo, enfila baterías hacia mí.

- ¡Yo lo sabía! -dijo dibujando una sonrisa-

Me sentía extraño. ¡No sabía en qué me estaba metiendo!

- Con varios colegas que servimos en la universidad, nos hemos propuesto descubrir potenciales escritores dentro de los alumnos, para motivar esta ocupación que se está perdiendo en las nuevas generaciones.

- Pero... -murmuré-

El profesor interrumpía.

- Desde que leí sus ensayos y escuché las opiniones de los otros profesores, vi que usted podría ser un escritor en potencia...

- ¿Sí?

- Veo en los jóvenes de hoy una conducta por demás decirlo rebelde, desenfadada y desordenada y creo, si se dejaran guiar, podrían generar un mejor legado que esa música y otras cosas no tan importantes, con las que al momento mantienen gran afinidad.

Otra vez el abuelito hablando.

- Bueno bachiller, lo que pretendo es ayudarle, si usted está de acuerdo. Le puedo revisar sus escritos y vamos en conjunto moldeando ese perfil muy suyo que, si bien grita energía juvenil, aún se muestra descarriado e impetuoso. ¿Qué opina?

En ese preciso momento, la oportunidad se me vislumbró como otra manera de desarrollarme, con una actividad interesante para mi vida profesional. Y si bien, ya la había considerado en el pasado, nunca la había intentado.

- Excelente -dije, apurando la propuesta, sin considerar en el momento las consecuencias-.

- Bueno, ni que hablar, traiga el día de mañana su material. No me venga con todo, porque no estoy muy bien de salud. Por fumar mucho en mi juventud estoy pagando ahora las consecuencias con un enfisema que me está matando, por lo cual dedico el mayor tiempo libre para escribir lo más posible. Así que, tráigame un cuento pequeño para comenzar y vamos viendo más adelante.

- Está bien doctor.

Salí de lo oficina. Empecé a pensar como haría, si no tenía nada escrito.

¡Cómo iba a salir de esto!

Me fui a casa inmediatamente. Aunque eran apenas las once de la mañana. ¡Tenía que pensar!

Al llegar tomé una ducha para refrescar los pensamientos. Las horas empezaron a pasar y la tarde se volvió noche y la inspiración no llegaba.

Tocaron la puerta de mi cuarto. Era mi madre.

- Hijo, ¿va a cenar?

- No mamá, tengo que terminar un trabajo urgente para la "U".

- Bueno hijo, la abuela decía: "con la barriga llena, las ideas vienen"

"¿Y si escribo algo de la abuela?, pensé, ¿o de la barriga...?"

Al final acepté la oferta de mi madre y bajé al comedor y ya allí siguió la cavilación sobre el tema del cuento. Observaba, la mesa, los muebles... la comida, buscando un tema interesante, que me permitiera salir del problema.

Sin haber probado la cena decidí regresar al dormitorio, donde acostado buscaba en el techo alguna fuente de inspiración, como la que el Doctor quizás miraba en su despacho.

Las horas pasaron y llegaron las tres de la madrugada y yo con mil ideas sueltas, pero nada concreto. Al final el dormitorio comenzó a teñirse de claridad mientras el día nacía, gritándome que el camino se terminaba y estaba al final del precipicio, y ya no tenía otra opción que volar.

¡De repente una idea!

Comencé a escribir hasta terminarlo y a la hora indicada estaba en la oficina de mi ahora "mecenas", desvelado, con hambre y muchas expectativas.

- Disculpe el retraso bachiller, pero tuve que pasar con el médico, como le conté estoy crítico de salud...

- Si doctor, no tenga cuidado.

El doctor se sentó atrás de su escritorio y volviendo la vista hacia mí, quizás percibió mis ojeras y aspecto cansado.

- Tenga cuidado con la vida que seleccione bachiller, la parranda y el jaleo no son buenas compañeras, para la salud y el trabajo. Yo, siempre les digo a los jóvenes: si han de escoger un vicio que sea la bebida porque esta al final con un poco de ejercicio, se suda y ya. Por supuesto, se debe beber con responsabilidad. Digo esto porque el cigarro es un vicio necio que no trae ningún beneficio y sí terribles males. Disculpe mi abuso al hacerle el comentario, pero es una lástima desperdiciar la vida en el jugueteo y peor aún combinándolo con el vicio tonto del cigarro. Yo muy tarde lo entendí y aun cuando al momento tengo tres años de no fumar, las secuelas han sido devastadoras.

Me hizo un gesto con la mano, como indicando el momento del final del regaño y que deberíamos proceder con el objetivo de la cita. Abrió la carpeta y observó, mi tesoro creativo: una solitaria hoja, conteniendo el único cuento de mi colección y que había escrito muchas veces, por tener a mi disposición solo una sencilla máquina de escribir (las computadoras llegaron años después).

Mi mecenas me pidió nos viéramos la siguiente semana para discutir el trabajo.

Salí más liberado, pero ahora con la tensión del análisis del maestro.

De regreso con el decano.

- Bien bachiller, quiero comentarle que he leído su cuento y aunque es una técnica ya empleada por otros escritores, con una historia predecible y para mi forma de escribir, demasiada escueta y por de más simple, no puedo dejar de reconocer que de todas las propuestas literarias que he recibido, esta es la más prometedora.

¡Quedé congelado! Que un escritor de la talla del Dr. Hugo Lindo concluyera eso, no podía significar menos que un halago.

- Una última recomendación. Siga escribiendo y no le importe que tenga suficiente material para publicar un libro. Espere, tenga paciencia. Es mejor escribir y dejar reposar el material por un tiempo, luego vuélvalo a leer, hasta quedar satisfecho.

Me regresó la carpeta de nuevo y al tomarla pude ojear dentro de ella y observar las muchas correcciones que con un marcador rojo intenso herían toda mi inspiración.

Desde esa oportunidad y motivado por un maestro al cual admiré mucho, me volví a la tarea de escribir. Llevé también otros escritos y aunque continuaba viendo los "flagelos color carmesí", para ocupar el estilo poético de mi guía, refiriéndome a sus correcciones, el maestro decía: "Lo felicito bachiller, su estilo ya casi me gusta"

- Gracias Doctor. ¡No sabe cuánto me motiva! -mencionaba un tanto irónico-.

Mi interlocutor, siendo una persona tan seria, no reconocía mi forma de hablar en doble sentido.

Seguimos revisando otros materiales por algún tiempo, pero cada vez se hacía más difícil por sus problemas de salud. Tres años después, el Doctor Hugo Lindo fallecía.

Han pasado muchos años desde ese compartir con uno de los maestros que guiaron mi formación profesional, por lo que luego de dejar reposar mis aportes literarios por largo rato, decidí publicar este libro, incluyendo una serie de cuentos, utilizando el *Doble Sentido*.

Al agradecerte, estimado lector el que me permitas compartir contigo estas pinceladas literarias y aunque, como decía el Doctor Hugo Lindo, no tenga este libro un "estilo sobrio y elegante" y esté formado por la "añagaza" y la "baladí forma de hablar", confío en que será de tu agrado.

Quiero decirte que también te incluyo a manera de un **BONUS LITERARIO**, otros cuentos que, si bien no están relacionados con el tema, han sido fruto de este esfuerzo retórico y que recibieron mención honorífica en festivales literarios en los que participé.

Roberto Evora Solórzano
San Salvador, febrero 2023.

NOTA: El cuento que incluyo en este libro y que inició mi labor literaria se titula "La Maldición".

LA MALDICIÓN

No sabe que hoy es el día de su muerte.

Desde que lo trajeron, atado como ahora, no se había movido de la esquina donde lo pusieron. Fue allí donde lo vi, lucía muy tranquilo, aunque movía la cabeza inquietamente.

Le dieron comida, pero no quiso probar nada. Este es el cuarto capturado y siempre del mismo lugar, creo que seguirán trayendo, porque dicen que hay más.

Recuerdo la vez que fui personalmente a traer uno, había bastantes en el patio donde los mantenían encerrados.

Caminaban y caminaban uno al lado de otro. Todos permanecían allí hasta que les llegaba su día: el día de su muerte. Observándolos aquella vez, pensé lo cruel que es la vida; ellos no tienen más que nacer y su futuro ya está predestinado.

Parecen llevar sobre sí alguna maldición.

Este que han traído hoy, andaba huyendo por el monte cuando lo capturaron. No parece uno común y corriente, es bastante robusto, pero nada le valió para escapar. Hoy lo trajeron y hoy lo han de matar.

Imagino pensando lo injusto de nuestro proceder, porque vamos a matarlo, sólo por ser lo que es.

Su muerte está dispuesta para el mediodía.

Después seguirán con el rito de siempre: descolgarán el cuerpo inerte y lo tirarán en el recipiente para luego bañarlo con agua hirviendo. Más tarde lo pondrán en la cámara calorífica.

Todo tiene que estar listo para la noche.

Lo cierto es que es un gran trabajo, pero al fin y al cabo sólo se hace una vez al año; además tiene que hacerse, porque si algo no puede faltar para la noche buena... es un delicioso pavo horneado.

(1982)

AMOR A PRIMERA VISTA

Aún ahora no entiendo como caí en sus redes, pero lo cierto es que, si se me permite la palabra, al conocerla más de cerca, ya la deseaba apasionadamente.

La vi por primera vez en el "súper", estaba con un sujeto que parecía ejecutivo: muy bien vestido y con el celular en la mano. Siendo honesto, su apariencia no era despampanante, pero desde esa vez juré que tenía que ser mía. Tal vez parezca exagerado, pero es que había oído hablar tanto de ella, que me había propuesto lograrla por cualquier medio.

Empecé la labor de espionaje. Averigüé que ella no salía con nadie que no tuviera "buenas referencias" y era un requisito tener carro, ¡ah! y buenos ingresos.

Era mi terreno, siempre fui bueno para engañar. En la universidad hacía creer a las chicas que era de "buena familia" y que tenía carro pidiéndoselo prestado a un amigo. Total, siempre obtuve lo que quise y ahora este "bocadito" ... no se me iba a escapar.

Llamé entonces a la mujercita que me la iba a presentar. Al principio, se mostró sorprendida por la llamada, pero acordamos que llegaría el día siguiente... para conocer un poco de mí. La entrevista fue larga: que dónde vivía, que dónde trabajaba, que cuál era mi situación bancaria... ¡que cuánto ganaba!

Nunca me habían cuestionado tanto por una de éstas, pero es que como dijo la muchacha "ésta" no era una como todas. Era única -me dijo-, le acompañará donde Usted quiera, hará lo que usted diga y si la sabe manejar, le sacará de apuros.

Confirmé que ésta era la que quería. Pregunté ansioso cuando la vería, pero la muchacha, me dijo que fuera paciente, que el proceso no era tan rápido ya que debían confirmar la información que había dado. Ellos tenían que garantizar que "ella" se iría con la persona correcta.

Los días transcurrieron en angustiosa espera.

¿Y si averiguaban la verdad?

¿Qué pasaría si me descubrían?

Trataba de darme ánimo diciéndome, que siempre había salido airoso de estas movidas. Los amigos me llamaban para contarme que de la casa de la muchacha estaban hablando para confirmar los datos. Yo les mentía, diciendo que era de una solicitud de trabajo que había presentado, ya que no quería contar de mis verdaderas intenciones hasta no estar seguro del resultado.

Por fin me llamó la muchacha.

Me dijo que el resultado de la investigación había salido bien y que estaba autorizado para tener mi "premio". Era tanta mi emoción, que no esperé para preguntar si la podía ir a recoger ya. La muchacha sonrió y me dijo que aún faltaban ciertos detalles del proceso, antes que la pudieran entregar.

Sin embargo, me felicitó y dio la bienvenida de los distinguidos - aunque sin celular- que poseerían la tarjeta de crédito

(1996)

LA DROGA

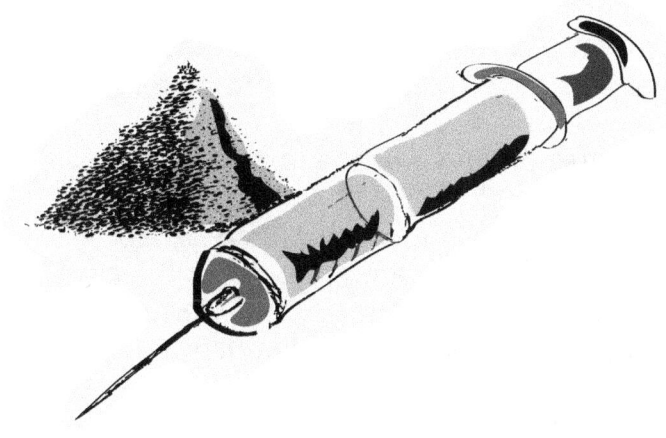

Era un niño cuando comencé la adición. Mi mamá me inculcó el hábito, debido a que me miraba introvertido, callado, diferente a los que tenían el vicio. Además, alguien le había dicho que, de esa manera, me volvería ingenioso, vivaz y hasta más inteligente.

Al principio resultó ser impactante, bueno de hecho esta costumbre tendría que cambiar toda mi vida, aunque algunas veces cuando analizaba mi conducta y la de otros como yo, no creía que pudiera afectar tanto el comportamiento de una persona, pero bien, tal vez fuese porque tengo tan arraigada la manía que me cuesta reconocer su poder.

Mi papá la trajo a casa. Era un encargo de mi mamá y por el cual se produjeron entre ellos muchas y acaloradas discusiones respecto al gasto que ocasionaría, a lo complicado que sería encontrarla de buena calidad y lo peligroso de traerla a casa.

Finalmente, las razones femeninas pesaron más y la droga llegó finalmente a mí.

Me entregué desenfrenadamente.

En el colegio vivía momentos de ensoñación, imaginando la hora en que llegaría a casa, para encerrarme en mi cuarto y entrar en contacto con ese mundo mágico.

He hecho muchos intentos, pero nunca he podido dilucidar claramente, de lo que me sucede cuando estoy con "la dosis". Mis amigos dicen que las pupilas se me dilatan, la mirada la mantengo fija, la boca abierta y generalmente adquiero cierto grado de rigidez corporal, que expone el estado hipnótico del hábito. Bueno, eso dicen los cheros, personalmente no lo creo tan dramático, pero si tengo que reconocer que no puedo vivir sin ella.

Una vez solamente, me he apartado del vicio y no quisiera volver a vivir esa tortura. Recuerdo que se debió a que según decía el jefe de la casa, había bajado mi rendimiento en el estudio y en la casa me comportaba ociosamente. Tenía razón, pero aún hoy creo que fue demasiado castigo. Hoy en día trato de sobrellevar el hábito con mis obligaciones, aunque por supuesto he aprendido algunas trampas para continuar evadiéndolas.

Debo reconocer que no sé si alguna vez podré dejar esta dependencia y como dicen los maestros, pueda por fin sobreponerme, retomar mi vida y volver a ser el joven callado tal vez, pero ser al menos el que soy en realidad y no el que aparento ser. Siendo sincero, no me importa volver a ser "el de antes", soy feliz así y así quiero seguir. Y es que se siente "súper" hablar con todos de lo que se vive cuando uno se "conecta".

Aunque todavía halla algunos que me critiquen, seguiré igual, disfrutando día a día de ese placer insuperable que me brinda la televisión

(1996)

ELLOS

Iba caminando cuando los encontré.

No sé si sólo yo entré en contacto o si el secuestro fue colectivo. Sentí llegar hacia mí una luz intensa y concentrada que hacía perder la noción de todo mi alrededor y luego esa sensación de succión tan fuerte y directa que no permitía que me resistiera. Lo curioso de aquel instante es que aun cuando estaba consciente de que prácticamente me estaban llevando hacia la luz, una tranquilidad me envolvía y no me permitía evitar el arrastre.

Me fui acercando. La intensidad luminosa era mayor, pero la temperatura que percibía sobre mi cuerpo seguía cálida, confortable.

No creo explicar si me elevaron hasta la nave o si fui literalmente desmaterializado, pero en unos segundos estuve acostado sobre una especie de camilla, bastante cómoda. Hasta donde descubrí estaba recostado en una base con bolsones de agua, porque sentía la forma líquida moverse y acomodarse bajo mi espalda.

La luz seguía. No podía distinguir nada, todo el entorno estaba cargado de luz, hasta que momentáneamente la fuerza luminosa de la habitación fue bajando y entonces apareció uno de "ellos". Les llamo así porque no sé qué eran.

Me parecieron una forma humana, toda ella luminosa y con unos hilos destellando electricidad y pendiendo de todo su cuerpo. Al llegar a mí no caminaba, simplemente se desplazaba suavemente. Como si flotara.

Se acercó. La calma que tenía se fue convirtiendo en miedo, pánico, terror. Empecé a gritar, a pedir auxilio y de repente un ruido electrónico se escuchó y una corriente vibrante recorrió mi espalda. La cama de "agua" me empezó a dar masaje y la calma volvió, sentí otra vez una gran tranquilidad.

La forma luminosa me habló, bueno no creo que me haya hablado, porque no pude percibir ninguna boca, simplemente irradiaba más luz cada vez que se "comunicaba", pero aún con todo yo le entendía perfectamente, traté inicialmente en vano de averiguar qué medio de comunicación utilizaban, pero no fue hasta que procurando esclarecer mis ideas, una fuerza mental me obligaba a escuchar y a dejar de pensar...

¡Estaban hablando con mi mente!

La "forma" me dijo que su "clasificación" era **EVO-1** y que provenían del planeta **SOLIANO**. Que habían observado la "base" terrestre, desde su inicio y no estaban satisfechos con nuestro desarrollo. Me reclamó que aun cuando estábamos con todas las condiciones para progresar, nuestro adelanto era menos que el de las "bases Rosíneas". Éstas, habían dejado la fuente nuclear hace siglos. Me dijo que aun cuando nos habían dejado los "homos" más capacitados, no logramos aprovecharlos al máximo, si no que gastamos nuestros "ciclos" en buscar la comodidad y el placer.

Me contó que "ellos", se hallaban decepcionados de habernos creado, porque creyeron haber diseñado una "base" que se auto desarrollaría, pero el resultado había sido todo lo contrario, puesto que buscamos constantemente avances nuevos para nuestro propio exterminio.

Me habló de corregir la falla y aun cuando vendría un colapso nuclear que acabaría con nuestra base, permitiría rediseñar nuestra historia y fundar una nueva genealogía para el progreso.

La forma, me habló que "ellos" desarrollarían esta vez el proyecto con más cuidado, evitando al máximo los riesgos del estudio, mientras tanto, me dijeron que tratara de llevar una vida más ordenada orientando mi existencia hacia la búsqueda del saber.

Finalmente, el extraterrestre me aclaró que me iban a regresar a la tierra, porque ya habían terminado los análisis genéticos para hacer las correcciones en la nueva genealogía. Trató de calmarme, al informarme de mi regreso a la tierra y siguió diciendo que todo lo hallaría cambiado, puesto que aun cuando en la nave habían transcurrido únicamente treinta minutos terrestres, en la tierra me habrían robado treinta años de mi vida.

Comencé a concentrarme con todas mis fuerzas hasta que logré romper el eslabón mental y pregunté por qué había sido elegido. La luz ya no se comunicó.

El ambiente luminoso se fue incrementando y la sensación de succión del principio, cambió para volverse de expulsión, suave y cómoda que me regresó hasta una superficie fría y dura.

Aterricé en el piso de una iglesia.

Estaba rodeado de muchos curiosos que balbuceaban atónitos. Al empezar a incorporarme, sentí como un sudor frío empapaba todo mi cuerpo, terminé de levantarme y con una expresión maniática - por la forma en que la gente se apartó de mí- salí corriendo del lugar.

¡Que experiencia... es como para volverse loco!

¡Yo ya no vuelvo a fumar esa babosada!

(1997)

HOGAR DULCE HOGAR

Una familia como cualquier otra. Zoila mi mujer, Carolina y José Manuel mis hijos adolescentes y Susana la bebita - aunque contaba ya con 9 años de edad.

El problema comenzó a incomodarme, cuando al preguntar por los cipotes, me daba cuenta que uno andaba donde el vecino viendo el partido, la otra la novela y la tierna viendo el especial de Luis Miguel. Con el tiempo y la soledad llenado la casa, llegué a concluir que no debían visitar otra casa, más cuando, a veces por ver alguna película, regresaban cerca de la medianoche.

Decidí comprar un televisor y las cosas volvieron a la normalidad. La familia Martínez

Aguilar estaba por fin unida. Me preguntaba por qué no lo había adquirido antes. Creo que se debe a que no viví en mi infancia y juventud ese frenesí.

La felicidad había llegado a casa, todo armonizaba con el cuadrito adornando el centro de la sala con la leyenda descriptiva: "**HOGAR DULCE HOGAR**".

Al llegar del trabajo encontraba a mis hijos en casa, viendo televisión. Pero con el tiempo comencé a observar que los cipotes ya no estudiaban. Tarde, noche y fines de semana completos, no dejaban de ver televisión. Pero la cosa no terminaba allí, cuando íbamos a salir, uno no podía porque pasarían "Cómo se filmó Rambo", Carolina quería ver la novela y la nena no podía dejar de ver la entrevista exclusiva que presentarían con Michael Jackson. El problema era de tal magnitud, que ya no cenábamos juntos, porque de casualidad a esa hora transmitirían el programa favorito.

Decidí hablar con ellos, pero las respuestas fueron bien claras: "con la televisión siempre estamos en casa", "nos divertimos sanamente", o como decía mi mujer "los niños aprenden más rápido y se vuelven más creativos", tuve que llegar a pensar en darles la razón. Quizá no les entendía porque yo prefería la lectura, a pensar en ese entretenimiento.

Pasaron los días, las pláticas en casa se

volvían raras:

- Rigo, tú ya estás como Eduardo Luis

- ¿Y ese quién es?, preguntaba yo: El de la novela.

Mi hijo se comportaba extrañamente.

- José Manuel ¿y ese saco con camiseta?

Él sonreía picarescamente.

- Así está la moda papá.

En la mesa.

- ¿Y cómo van las cosas en el colegio, Carolina?

- Bien papá. Ah mamá, ¿se dio cuenta de lo que le dijo Luis Alejandro a Maribel.

Algún vecino -pensé. No, era la novela.

- ¿Y tú José Manuel, compraste la obra que te dejaron en el colegio?

- ¡Ah!, eso le iba a decir papá, fíjese que mejor traje la edición especial de TV. GUÍA. Es que trae la programación del mundial...

Ya no hablábamos y es que, para mí, sus pláticas eran desconocidas. Pero el colmo llegó, cuando en una noche al dirigirnos a misa, por supuesto nadie quería ir. Quise persuadirlos, pero encontré las respuestas de siempre. Creció tanto mi enojo que me dirigí a la sala y tomando el cuadrito con la leyenda **"HOGAR DULCE HOGAR"**, lo tiré al suelo para hacerlo pedazos. Todo se salió de control, al halar el cuadro, el cordel del cual colgaba, se enredó en la antena del televisor, trayéndome también el aparato.

El silencio inundó la casa.

 José Manuel, Carolina, Susanita, mi mujer y yo quedamos estupefactos viendo el televisor destruido en el piso. Parecía escuchar las frases de reproche: "mataste a James Bond...", "desapareciste a María...", "eliminaste a Madona...".

Los días transcurrían, yo aún padecía aislamiento, puesto que las pláticas seguían ahora cargadas de nostalgia.

- A saber cómo irá "PRIMAVERA", verdad mamá... estaba bien bonita...

- Dicen que este domingo van a pasar la final del fútbol. -José Manuel me incriminaba-.

- Mirá Rigo, creo que haces mal en no permitir que los cipotes vayan a ver televisión donde Marinita...

- No, ésta es su casa y aquí tienen que estar.

Por fin, los cipotes fueron cambiando, quizá

porque maduraban más o porque la educación del colegio les orientaba sobre su equivocado proceder, respecto a la televisión. Pensé entonces, en aprovechar esa oportunidad y utilizar productivamente el tiempo libre. Comencé a estimular la lectura, con libros de entretenimiento familiar que poco a poco fueron devorados, por la búsqueda de ocupación.

Al llegar a casa todo era quietud, cada uno inmerso en su lectura favorita, pero los problemas volvieron. José Manuel no podía atender ningún llamado, porque "casi terminaba el capítulo de su libro". Carolina no aseaba su habitación, para terminar primero con la lectura que le ocupaba. Hasta con mi mujer era difícil conversar, pues o se encontraba leyendo o sus pláticas se referían a lo interesante de tal o cual libro.

Algo raro estaba sucediendo con la familia Martínez Aguilar. Los cipotes ya no estudiaban y nos estábamos aislando cada día más, complicándose todo por la lectura.

Le conté el problema a un amigo y me sugirió algo que nunca hubiera pensado y vaya si tenía razón. Confieso que al principio me mostré escéptico ante la idea, pero viendo lo desesperante de la situación opté por ponerla en práctica.

La familia Martínez Aguilar vuelve a estar unida y ahora compartimos muchos momentos y nos divertimos tanto, con nuestra distracción familiar. Hoy juntos comemos, juntos siempre estamos, juntos... miramos la televisión.

Ya no leo, ni mi familia. Nos divertimos más hoy que resucitó el entretenimiento. Pasamos conversando de "Simplemente María", de "Maribel" (hoy si sé quién es Luis Alejandro) y vemos muchos programas, que no sabía que existieran.

He cambiado mi forma de ser. Dicen que me he vuelto más "platicón", que no visto igual y creo que mi familia tampoco.

Tenemos más cosas en casa, que hemos conocido por la televisión. Nos comportamos diferente y creo que es influencia del aparato, pero ya no importa, si nos sentimos bien, hay armonía en casa y en fin... somos felices.

Lo único que perturbó momentáneamente nuestra relación, fue la necesidad de querer ver distintos programas a la misma hora. Pero ya no es problema, hemos comprado dos televisores más y así cada quién se divierte a su gusto.

En la sala, donde se halla el más grande, tiene sobre si, un cuadro con la leyenda que define nuestra casa: **"HOGAR DULCE HOGAR"**.

(1991)

CONDENADO

Como me metí en esto.

Nunca pensé que se fuera a complicar tanto.
Cuando decidí, bueno no sé si en verdad fue
mi decisión o simplemente me dejé llevar por
esa fuerza que misteriosamente me impulsa.

Dicen que quizás estoy loco, que escucho
voces, que estoy enfermo.

No sé porque me comporto así. Simplemente
me dejo llevar. ¿Como empecé? Creo que
miraba que todos los hacían.

Bueno, tengo que ser honesto, no todos,
pero una gran cantidad sí. Era tan común
verlos libremente comportándose así, sin
ningún policía que se metiera en sus vidas,

pero la diferencia es que a mí me agarraron y a ellos no... por ahora.

Todavía me molesta tremendamente ver a mis amigos que se burlan de mí, que me capturaron, que estoy preso y que estoy esperando la sentencia.

¡Malditos!, si pudiera agarrarlos, les daría una buena lección.

Ahora me siento tan solo aquí en esta cárcel. Entre estas paredes que me asfixian, me aprietan, me matan.

Me acaban de tirar aquí y ya siento que me muero, toco las paredes y están frías, como listas para recibir a los que han de morir aquí.

Recorro este cuarto y veo que ha sido construido para torturar: pequeño para ahogar y frío para quebrar el espíritu de cualquiera.

No sé por qué siento tanto la diferencia de la otra celda, porque ya antes estuve en otra similar, pero ésta parece más pequeña o no sé si es porque le dicen el "pabellón de la muerte" y yo, ahora sé que es el final. Que se acabó todo.

- ¿Byron, ya hiciste el trabajo?

- ¡Dejá de joder! Yo hago las cosas cuando quiero y como quiero.

- Yo simplemente te recordaba.

- ¡Entonces recordá a tu nana! ¡A mí, dejame tranquilo!

- ¡Vos si sos loco!

- ¡Pero no para tu pelazón!

Era otra tarde que con los otros "locos" habíamos dejado nuestras obligaciones, para ir a ver que "lográbamos".

Y es que, si algo no soporto, es un trato controlador y como no hago caso, viven diciéndome que voy a terminar mal.

Andábamos "trabajando" en el parque, pero ya llevábamos bastante tiempo y no había vientos buenos, pero esto así es. Tenés que tener paciencia. ¡Lo que me faltaba!

———

- ¿Byron es tu nombre?

- Sí.

- Otra vez estamos hablando de lo mismo. ¡Cuándo vas a entender!

- Usted es que el quiere hablar de eso. Yo no sé por qué insiste en venir.

- Si a ti no te importa nada. Ya te dije que si seguís así vas a terminar mal.

- Ya vamos...

- ¿Qué dijiste...?

- Nada. Es que la verdad es que la traen conmigo. Me hallan en el parque y ya me traen. Yo ya no sé qué hacer. Por gusto me viven jodiendo.

- ¿Cómo?

- Digo, me andan molestando. Lo que pasa es que la han agarrado conmigo.

- Ya es tiempo que oigás consejos. Yo cuando me llamen de nuevo, me voy a hacer el sordo.

- Sí, si yo sé que uno a nadie le importa. Parece que únicamente servimos para hablar y hablar de lo mismo.

- Byron, Byron... Ya no te importa ni tu mamá. Como la haces sufrir.

- Usted la hace sufrir contándole tantas cosas. Ya ella a mí ni me cree nada. Bueno, la verdad es que a nadie le importo.

- ¡Mira esa Byron! ¡Está fácil!

- No, esperate. Todavía no.

Como siempre observábamos a nuestra presa y era yo el que debía atacar por ser el mayor y más experimentado.

- ¿Y esa otra?

- ¡Calmate loco!, vos "tranquis". Yo sé cuándo.

- Vos solamente así decís...y nada.

- Bueno "maje", si querés aprender del maestro, tené paciencia.

- Y esa otra pues.

- ¡Qué jodés! ¡Calmate!

- Híjole vos, sólo bravo andás.

- Es que no me dejas vivir. (Mirando el panorama) Ve, ésta si esta buena.

¿Y si veo como escapar?

Viendo este lugar, no veo cómo. Además de construir una celda tan segura, han hecho cada pared de este cuarto especialmente para estar jodido a eternidad. Pero debe haber una forma. Siempre queda algún medio.

¡Hey... la ventana!

- Ya no se ni qué decirte. Me siento como si estuviera hablando solo. Pregunto y me cuesta que me contestés.

- Ummm

- Decíme Byron, ¿Y qué es lo que querés de tu vida?

- Nada, simplemente que me dejen vivir.

- Yo creo que es imposible hablar contigo. No escuchás consejos y lo peor es que lo que te interesa, es ponerte siempre de víctima. Date cuenta que la vida se va y luego qué vas a hacer. Más con esas amistades que tenés. La verdad que no sé si el problema lo tenés tú al andar con ellos o eres tú peor influencia para ellos.

- Mire profe...

- No Byron mejor es que me escuchés. Habíamos hablado la última vez que ibas a cambiar tu forma de ser. Que ibas a mejorar tu conducta y ante todo "de lo que hablamos", y nada. Peor estás.

- Bueno yo creo que ya estoy grande. A mis quince años...

- Pero como decís eso. ¡Si sos un niño!

- ¡O sea que usted me quiere decir que lo que hago, le molesta tanto!

- ¡Pues claro que sí! ¡Es totalmente inaceptable que un joven de tu edad y proviniendo de una familia de respeto sigas robando!

- ¡Pero todos lo hacen!

- ¡Ahí deja a todos! ¿Y tú, que no puedes pensar por ti?

- Puesí, pero entonces me voy a ver raro. ¡Todos mis amigos son así!

———

Como le hago para escapar.

- Híjole, la ventana está cerrada. Bueno, qué podría esperar de esta maldita celda. ¡Hey alguien viene!

Escuché los pasos en la distancia, primero subiendo las escaleras, luego entrando en el pasillo, cada vez más cerca. Salté a la cama, para que no me vieran cerca de la ventana.

Era uno de los carceleros.

- ¿Y por qué hacés tanto ruido? Dicen que te calmés.

- No estoy haciendo nada.

- Va a venir un sacerdote. Como siempre...

- ¿El qué? Yo no quiero ver a ningún cura.

- Bueno, vos ya sabes cómo es esto, así que preparate.

- Por la puta. Decíles que no quiero a nadie.

- A mí no me digás nada. Yo no soy el que decido.

- ¿Y a qué horas viene?

- Ya viene en camino.

———————

Bueno este padrecito no me va a quebrar con sus historietas de arrepentimiento y del más allá. Una cosa es cierta, mi única posesión es mi vida, o lo que resta de ella. Yo soy responsable de cómo debo de sentirme, así que voy a reponerme y a demostrarles a estos que no me van a poder quebrar. ¡Se las voy a poner difícil! ¡No saben con quién se han metido!

Escucho que se abre el portón. Otra vez los pasos en el vestíbulo... los escalones... el pasillo.

Llegó el padre.

- Hola Byron.

- Hola padre.

- Me dijo tu mamá que hablara contigo.

- Si padre, pero es que no es así...

- Tu mamá está muy triste. Dice que ya no sabe qué hacer contigo, que tú no eras así. Mira donde has llegado. ¿Y ahora?

- Es que...

- ¿Qué es lo que te pasa?

- Nada.

- Y entonces por qué necesitás andar robando.

- No lo hago porque quiero, simplemente lo hago y ya...

- Pero ya es tiempo que hagás algo. Venimos hablando de esto por mucho tiempo.

- Si yo sé, pero...

- Tu madre piensa dejarte aquí, para ver si

aprendés la lección.

- Es que el problema no es aquí, sino cuando me veo con los "cheros". Todos son así...

- Pues parece que hoy se te acabaron las escusas. Hoy sí hay muchas personas que te vieron, así que no podés decir que no fuiste tú.

- Es que me han confundido.

- Como puede ser posible que digás eso. ¿Sabes dónde estás?

———

Ya llevábamos mucho tiempo esperando y no había pasado nada. Los muchachos estaban desesperados y yo más.

- ¡Callate, Shiiii!

Al fin la espera había terminado. Era el momento propicio para actuar. Me enfoqué en mi presa. No parecía muy fácil la cosa y aunque ya lo había hecho antes, parecía algo peligroso, pero bueno eso era lo que buscaba, eso es lo bueno... la emoción.

Me preguntaba cuál sería la mejor forma de actuar. ¿Voy ahora o espero? ¿Ataco por aquí o por allá? Es que tengo unos segundos nada más para lograrlo y... no sé. ¡No debo fallar!

- ¡Ahora Byron!

- ¡Esperate pendejo, dejame!

- ¡Es que se te va a ir!

- ¡Esperate hijueputa!

- ¡Ahora, ahí está! -me volvían a gritar-

Tomé el hilo firmemente y empecé a jalarlo teniendo cuidado, pero no dejando de ser firme en el movimiento. ¡Aquí no hay segunda vez!

Sí...

Casi..

¡Ya!...

Tenía que mantener el control y hacer llegar la cola de mi "piscucha", hasta el otro papelote, luego trabar ambos hilos hasta poderme robarme el barrilete de papel, que ya hace rato lo veíamos volar cerca del nuestro.

¡Lo logré!

(1995)

EXPLOSIVO

Salí de mi casa muy temprano.

Iba a ser un día muy estresante. Medio dormido, peor comido y con una tensión de locos. Sabía lo que me esperaba, levantarme temprano y cuidadosamente por la tarde hacer la "entrega". No podía fallar.

Me explicaron el plan. "Salí de tu casa muy temprano, llevá ropa común, sencilla. En estas entregas no podés llamar mucho la atención"

Mi madre me había dicho que debía de ir muy presentable a la entrevista de trabajo.

De hecho, le había mentido respecto a la bendita "cita". Es que este operativo que se me había encomendado, no podía salirse de control.

Seguí el camino que me dijeron. "Toma el bus ruta cinco, hasta llegar al centro de la capital. Te bajás por el mercado y caminás hasta la alcaldía, mira para todos lados, nunca se sabe... Recordá que debés de meterte por el paso peatonal, como que vas para allí y te salís por el portón norte. Tranquilo. No tenés que llamar la atención y luego de rodear la alcaldía tomás en la parada de enfrente el otro bus, la ruta cuatro y te vas hasta el Centro de Gobierno". Muchas veces me dijeron: "tené cuidado con la gente, mirá quien está a tu lado. No te podés confiar. La institución del Gobierno es el destino".

Desde que entré en el entrenamiento, todo estaba listo para este trabajo. Me preparé tanto para este día que creía que nunca iba a llegar. Ahora recuerdo tanta instrucción: "leete estos libros... aprendé estos manuales... debes estar listo por cualquier cosa

Fue muy joven que entré al grupo. Al principio me costó porque estos son bien celosos de quien entra y además debían estar seguros... según dijeron. Que dónde vivía, que con quién vivía, que por qué quería entrar. Fueron tantos interrogatorios que al rato ya no sabía ni qué contestar, pero bueno, es el proceso. Después me mandaron con "Jonás", creo debe ser un seudónimo, nadie allí dice su propio nombre, para que él me ayudara con la ideología. Este era un muchacho delgado con apariencia de amante de la música reggae, esto porque vestía todo desaliñado, con una barba espesa y desordenada, acompañada de una melena escondida en un gorro tejido que, al descubrirla, mostraba unos mechones que le llegaban hasta el piso.

Él me llevó a su casa, porque era más seguro y allí estuvimos cerca de tres semanas, revisando, estudiando. Yo para mis adentros me preguntaba, si "daría el ancho", si podría con la tarea, si valía la pena. Bueno, yo creo que cuando querés un mejor país, un futuro más justo, un nuevo amanecer "como dicen", por supuesto, que vale la pena.

La experiencia con Jonás, fue dura, realmente pensé que mis entrenamientos serían en los métodos, pero salieron con cosas desconocidas para mí y que, para colmo, me hicieron volver a repasar y repasar una montaña de libros técnicos, que casi me vuelvo loco.

Luego apareció, "la Fide", otra profe o "compa", como ellos se llaman. La "maitra" como -a escondidas- le decíamos los otros, era un cerebrito. Se podía cada formula, cada clave, que parecía una enciclopedia viviente. Claro, la sabiduría la pagaba con el físico: delgada, casi cadavérica, como quien ve a una ropa flotando. Pelo desgreñado y con apariencia de no ver un baño por mucho tiempo. El rosto, colgado de unos lentes desvencijados y con muestras del trato rudo del combate diario (tenía un refuerzo hecho con cinta adhesiva). Para colmo sus ojos eran pequeños, tan pequeños que nunca sabías si realmente te miraban y todo enmarcado en una cara huesuda y seria que gritaba una vida simple y aburrida.

Me acuerdo que se encimaba hacia mí, queriéndome mostrar unos pechos de niña, planos y muertos y que, a sus veintiséis años, simplemente servían para hacer juego con el resto del panorama: era más fea que una emboscada con la guardia. Para colmo me habían dicho que yo le gustaba, así que cada día para mí era una "socazón". Por ello, me dispuse a aprender las claves rápido y bien, a fin de irme de allí antes que la emboscada se materializara.

En la casa ya ni me creían que andaba estudiando, porque me perdía todo el día. Pero esto es así, si querés aprender algo bien y ser bueno en ello, tenés que dedicarle tiempo.

Cada día que pasaba me sentía más tenso, porque se acercaba el día de la entrega del paquete y quiérase o no, por muy preparado que se esté, siempre te puede fallar algo.

No, no debía pensar en ello, tenía que concentrarme.

Después de ese tiempo, me dijeron que fuera a la "U", que era necesario que consiguiera cierta información. Como siempre la recomendación era clara "tené cuidado con lo que hablás y con quien hablás", "te vas a lo que vas y ya", "no vayas a andar de boca abierta" y finalmente, otra vez: "tené cuidado".

Fui a la U y aunque andaba más nervioso que un pavo en navidad, no tuve ningún contratiempo. Me fui por los pasillos solos, -como me habían dicho-, llegué a la oficina, entregué el encargo y recogí el otro y me salí de la zona. Vaya no pensé que iba a ser tan fácil, parece ser que los entrenamientos de Jonás y las clases de la maitra, no habían sido en vano. Todo salió bien.

Bueno, después me di cuenta que se trataba de una prueba, pero para mí, significó mucho.

"Calmate, -me dijo la maitra- la prueba final todavía falta. Así que tranquilo..."

Continué entrenando.

Ahora venía lo importante. Por mi objetivo. Me dijeron que era esencial como lucía, y ante todo lo que se decía, "los policías saben reconocer cualquier falla, exceso de información o falta de ella"

Me contaron algo que me dejó de una pieza. El día que fui a la "U" llevaba una información que había sido preparada por la "maitra" y como ella misma dijo hasta ese día, era el mejor trabajo "chabeleado" que había hecho.

El formulario estaba tan bien estructurado que ni la más hábil autoridad, podría descubrir nada. Pero si me hubieran descubierto...

No me dijeron nada por eso, para que no me preocupara y no aumentara el estrés en la encomienda. ¡Y yo que pensé que era curioso que fuera tan fácil!

Ahora, ya no había engaño, por fin todos sabíamos que era el trabajo final. El objetivo principal. "Bueno compadre -me dijo Jonás-, desde ahora estás solo".

Iba recordando: "Salí de tu casa muy temprano, tené cuidado con la gente, mirá quién está a tu lado. No te podés confiar. La institución del Gobierno es el destino". El objetivo era el Ministerio de Educación.

Cargaba el paquete con cuidado para evitar cualquier impacto, no fuera que...

Ya abordo de la ruta cuatro, también me parecía que eran muchas las indicaciones, casi neuróticas. No era para tanto el problema con la seguridad en la capital, que requiriera tantas medidas de precaución y evitar un asalto, pero bueno... Me decían: "si te ven bien vestido. Creen que llevás "pisto". Llevá ropa común, sencilla"

Llegué al objetivo.

El nerviosismo aumentó, el corazón parecía que se me iba a salir del pecho. Sentía que todo el mundo en el edificio, se fijaba en mí, me acusaba.

Entre donde el asesor de nuevo ingreso que me pidió mis papeles y los empezó a cotejar. Me sentía muy seguro por la preparación de los compas de qué y cómo contestar, así que todo estaba bajo control.

¿Estaba bien lo que hacía?

Me sentía culpable de haberle mentido a mi madre respecto a lo que andaba haciendo, porque ella nunca iba a aceptar que yo presentara los papeles en la Universidad Nacional. A ella le gustaban otras instituciones.

Pero de repente el explosivo se recalentó.

Escuché el chasquido típico, como cuando se prepara una explosión. Mi estómago se revolvió y percibí un retorcijón que me hizo contorsionarme.

Temblaba de pies a cabeza.

Empecé a sudar, la garganta se me secó y apretando como pude mis puños, rogué que fuera una falsa alarma y la explosión no se produjera.

Estábamos en una habitación pequeña y por supuesto siendo una oficina en el sótano del edificio, no había ventanas, lo que haría tratándose de una bomba como ésta no solamente impactaría el ambiente, sino que tendría un efecto devastador.

Los cólicos se me calmaron y por un momento respiré tranquilidad, pensando que el sonido había sido otra cosa. Pero para mi sorpresa, los dolores estomacales volvieron y en un último intento de salvar la vida, me levanté y dejé al analista sentado viéndome extrañado.

Sólo segundos faltaban para que en el momento esperado el explosivo volara por todos los aires.

Recordé entonces las palabras de mi madre por la mañana: "A estas entrevistas se debe ir bien comido así que come tu buen plato de frijoles blancos con carne de cerdo"

Pretendí ser lo más veloz que pude, pero sorpresivamente el detonador se disparó y mi colon irritado hizo el resto para llenar toda la oficina y creo que el edificio, con los espíritus más endiablados de una comida engañosa, llena de explosivos.

(1988)

¡FAMOSO!

No creo que sea raro, a todo el mundo le gusta.

Me siento otra persona cuando estoy en el escenario. Todos me ven, todos me admiran, todos me quieren... o al menos eso dicen. Buen, y porque iban a mentir, ¿verdad?

Me costó mucho entrar en esto de la farándula, pero lo que me dijo Luis era cierto. "¡Una vez entrés, no te vas querer salir!"

Cuando empecé me pareció, una estupidez y para colmo había que aprender, ensayar y cambiar mi forma de ser.

Es que ahora veo que esta forma de vida, -porque eso es- ha dado un giro impactante en mí. No es lo mismo ser un cualquiera, una persona como otros, sino lo que ahora soy: un artista.

Estoy tan convencido de esto, que no puedo creer como a algunas personas no les importe ser "otro del montón", de los que no entran en escena. Pudor quizás, ¡no!, son unos cobardes con pánico a ser expuestos, a que te critiquen. Bueno, eso lo hacen los ridículos que no han llegado a entender el medio, -a ser un famoso de verdad-. A mí poco me importa lo que digan. Soy especial y sólo eso me importa. ¡Que les duela!, ¡Que se mueran de envidia!

Luis me dijo: "Es mejor poner un seudónimo, así si te equivocas o haces una tontería no te relacionarán". No lo creo, porque, al fin y al cabo, iban a ver mis fotos.

Creo que eso del seudónimo sería más bien un "cliché", una forma elegante de presentarte. Así, cualquier nombre sería bueno. Debía ser un mote de mi personalidad, que me diera imagen, que me hiciera ser admirado.

Luis propuso algunos: "Cobra", "Serpiente",

"Guardián". No sé, ninguno me parecía. Y por qué no el mío propio, decía yo. Luis insistía: "¿Anselmo...?, no es apropiado", "peor los que decís, parecen apodos", -le decía yo-. Al fin nos pusimos de acuerdo y elegimos "Anselmix", para darle un giro teatral al nombre. Pero parece que no gustó mucho la elección al público. Veía publicaciones con bromas con juegos de palabras como "Megamix", "Tamalmix" y otros. Al final lo aceptaron o se cansaron, no sé, porque ya nadie comentó del nombre.

Después vino el otro problema: la foto. ¿Tomo una foto mía o pongo una arreglada, para parecer mejor? Luis: "pon otra -decía-. Todo el mundo pone la imagen que quiere, total lo que queremos es que luzca artístico". Pero luego de tanto discutir, llegamos a la conclu... ¡No, impuse mi decisión!: "quiero una foto artística". Así recurrimos a estas aplicaciones de diseño gráfico y con un poco de trabajo, unos pincelazos por aquí, otros toques por allá, tenía al final un retrato, que ni yo creía que era mi fotografía. ¡Había quedado convertido en todo un galán!

Entonces me dijo mi asesor: "La gente quiere saber de ti, así que cuéntales..."

Luis me aleccionó. Pon lo que has hecho, donde vives, tus hobbies... Conté que había estudiado en tal colegio, con lo cual pretendí que mis seguidores se identificarán aún más conmigo, al ver que yo había estudiado donde posiblemente ellos también habían estado, y bla... bla... bla...

Total, con toda la información y la foto tenía ya una historia que narraba la vida de un famoso: YO.

¿Que qué clase de famoso soy?: el mejor. El medio me sigue donde yo voy.

- Hoy fui a esta playa -anotaba yo-

- Qué bonito allí. ¿cómo se llama? –preguntaban-

- ¡Estuve en esta fiesta! -informaba-

- Me hubieras llevado –me decían-

Al principio de mi carrera, creí que la gente sólo quería oír de mí y por ello decía lo que se me ocurría. "Ya me desperté", "Me compré otra camisa", "Estoy aburrido", etc. etc.

Luego me di cuenta que mi público hacía comentarios un poco alzados de tono: "Y a quién le importa eso"; "Al fin te compraste otra camisa"; "Más aburrido estoy yo con tus noticias".

Y luego el golpe mortal:

YO: Me siento enfermo.

MI PUBLICO: Ummm.

YO: No me siento muy bien.

ELLOS: ¿?

YO: Es que estoy enfermo.

ELLOS: (Silencio)

Entonces me preguntaba, ¿por qué no dicen nada? ¿No les importo?

A veces la vida se torna tan aburrida, cuando hablar de tus ocupaciones no le interesa a nadie. En este medio, tenés que tener algo que llame la atención, si no ya no te recuerdan. Se olvidan de ti.

Luego de un tiempo, Luis mi representante, me aclaró la situación. Me recomendó cambiar de estrategia. "Tenés que darles carnita", "tu público es morboso, le gustan los chambres picantes".

Así que decidí abrirme. Me gustaba y me pareció bien informar el lugar donde estaba, con quién me encontraba o qué hacía en tal o cual lugar. Que tenía una u otra relación, o si ya había llegado el momento, me identificada públicamente casado con...

Noté que esto gustaba más.

Además, lograba una cobertura periodística completa y eso era lo mejor para mi imagen. Vi que mis fans empezaban a hablar más de mí y mi nombre se notaba más frecuente.

Todo volvió a la normalidad. Creo…

Confieso que era interesante contar cosas muy mías. Creo que es la parte obligatoria de ser famoso. Sentía como cada vez que hablaba, causaba todo un revuelo.

El público caía en la trampa y respondía como yo esperaba. A la gente le gustaba que contara de mis aventuras. Sí, también de mis amoríos.

Hablando de esto, algunas veces me ha incomodado. Algunos fans son tan imprudentes y cuentan lo que no deben y a veces inventan cada locura. Para ser honesto-, yo también he inventado mis cosillas, pero es que esto así es. Hasta que la situación se fue saliendo de control…

El problema resultó cuando sin mi autorización algunos "paparazzi" supongo, empezaron a agregar, que a pesar de estar casado con… o en una relación con…, también me habían visto con… o en….

Bueno esto se volvió un relajo, y yo me volví un neurótico.

Me imaginaba la cámara que había visto, ya iba a empezar a disparar para luego publicar y que todo el mundo supiera donde andaba, con quien andaba o qué iba a hacer.

Algunas veces, lo reconozco, tenía razón, pero otras ni siquiera la genta se había fijado en mí.

Debo reconocer que tenía sentimientos confusos. Cuando comentaban algunas cosas me molestaba, pero cuando no decían nada, me extrañaba. Es que me sentía solo, desapercibido, olvidado.

Ahora evalúo que este descontrol no es tan fácil manejarlo. A veces percibo que los medios se manejan solos. Basta que alguien haga un comentario y la bola comienza a rodar. Dios quiera que sea a favor o todo se volverá un chambre o una injuria.

Puedo entender que, si deseo seguir siendo famoso, debo utilizar lo mejor posible los medios de comunicación y seguir presente. Ya que, si no te oyen, ni te ven, la gente se olvida. Y eso es la muerte de cualquier artista.

Por ello, como me recomendaron, te lo digo a ti: No hay alternativa si deseas existir y acepta, porque no hay otra opción.

De hecho, es difícil. Requiere mucho trabajo y también hay que correr riesgos. Pero el resultado lo vale. Si quieres que te conozcan y ante todo ser famoso, lo mejor es que tengas tu perfil de Facebook.

(2010)

LA VIDA NO VALE NADA

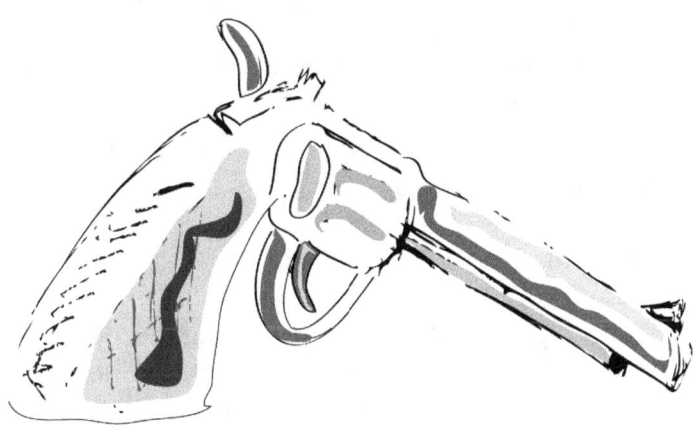

La inseguridad es tremenda. Parece que estuviéramos en la época del oeste, donde se imponía la ley del más fuerte o del más armado, pero es que con tanto riesgo o cosas que te pueden pasar, es mejor ser prevenido, aunque haya que llevar la carga en la cintura.

Cuando compré "la cosa" como le decía mi abuelo, me lo pensé mucho. La decisión no fue tan fácil, era algo más que debería de portar... siempre. Para colmo no era sólo cargarlo y ya. La gente te mira y te evalúa: que tipo es, de qué tamaño, ¡es importante hasta la marca!

Recuerdo que hace muchos años, en el tiempo de mis padres la vida no era así. La gente era muy tranquila. Salía al trabajo y cada quien sólo confiaba en Dios. Creo que ni siquiera pensaban que algo malo podía pasar. Haciendo memoria veía a mi padre levantarse muy temprano, ponerse su uniforme de la fábrica y mi madre, por su parte, hacía lo propio con los quehaceres de la casa. "Levantarse temprano es la mejor oportunidad para tener un buen día" -decía la viejita-.

Veía a mis padres sin mayor complicación. Decidían empezar el día confiando en el creador, poniendo su mejor entusiasmo y la verdad es que todo les salía bien. De hecho, veo que la vida era menos violenta en el pasado, o los diarios eran menos chismosos, porque preguntándoles a mis padres o mejor a mis abuelos, la vida era muy tranquila. Los viejos siempre me decían un poco molestos: "no sé por qué tienes andar con esa cosa. Nosotros nunca hemos necesitado de eso. Todo lo resolvíamos hablando cara a cara, sin necesidad de andar eso". Yo creo –decía mi abuelo- que esas cosas son del diablo. Y su explicación era fácil: "yo lo que veo que ustedes se sienten más seguros, más completos y más hombres con eso. ¡Deberían de tener más fe y ya!". Mi abuelo no sabía que, en los tiempos modernos, hasta las mujeres andaban el suyo.

Con la generación de mis padres siempre me llamó la atención que pudieran vivir sin la "cosa". Yo los miraba tan tranquilos, cuando yo les preguntaba como hacían. Mi padre decía:

-Yo nunca lo necesité y ahora menos.

- ¿Y cómo hacían?" –era mi pregunta-

-Simplemente confías en Dios. Hablas cuando tienes que hablar, siendo precavido en lo que tienes que decir y haces lo correcto. Como te he enseñado, desde pequeño. ¡No sé por qué tienes que complicarte ahora tanto!

Quizás la época, la cultura, la costumbre o tal vez la moda, pero se debe reconocer que los tiempos han cambiado. Hoy en día, no sé si será la situación económica mundial, como se dice. Para uno que se moviliza en autobús, es imprescindible cargarlo. De repente se suben estos delincuentes a asaltarlo y con él puedes demostrar quién manda.

Recuerdo una vez cuando me conducía en un colectivo hacía el colegio. De repente vi que se subió un joven sospechoso. Lo vi muy nervioso y con una especie de tatuaje del cual se mostraba una parte por el cuello. Me pareció que escondía algo bajo su camiseta y al subir observé como se acomodaba algo en la cintura. No pude evitar ver que vestía una camiseta con la leyenda: "El Señor es mi pastor, nada me faltará". Será un delincuente, pensé. Se miraba algo nervioso. Miró para todos lados, escudriñó a todos los que nos transportábamos en la unidad como buscando una potencial amenaza.

Rápidamente volví la mano al cinto para

corroborar que lo cargaba. Ante esta situación crítica, no sé si se revisa para corroborar que se lleva, se hace por nerviosismo o porque se trata de un movimiento reflexivo, ante la gran tensión. En ese instante, piensas y piensas si debes actuar o no. Me venían muchas ideas, justificando ahora no usarlo. Al mismo tiempo me preguntaba, porque ahora tanta indecisión, si para eso lo andaba.

En ese instante tenía que decidir: me aventaba o evitaba. Sin embargo, era tal la incomodidad, porque también dudaba, si todo era sólo mi suposición y el muchacho que se acababa de subir, era otro igual que yo: alguien nervioso por el peligro que representa subirse al transporte colectivo. Me molestaba estar suponiendo que un ladrón iba a vestir una camiseta con el Salmo veintitrés, pero...

Era crucial tomar una decisión y el riesgo se volvía mayor.

Decidí que era mejor evitar, me dispuse a bajarme del bus. Me puse en pie, resuelto a arrojarme desde la unidad en pleno movimiento, no importando si algo me pasaba.

Para mi mala suerte me encontraba en los asientos del final y aun cuando toqué el timbre muchas veces, el motorista me gritó enfadado, que la parada estaba varias calles adelante. Qué podía hacer, el sujeto de la camiseta, ya se había colocado en la puerta de adelante, previniendo que alguien subiera o bajara, por lo que, si quería salir, debía hacerlo por el lugar donde estaba la amenaza.

Tomé la decisión, y emprendí la marcha hacia el peligro. El bus se bamboleaba vertiginosamente siendo para mí muy difícil mantener el equilibrio y más cuando no podía ver bien de donde me asía, por estar sutilmente pendiente del agresor. Mi caminar se volvía torpe y todavía producía mayor tensión el pensar que el sujeto podría creer que me dirigía a atacarlo. Sentí como si me llevaba siglos el desplazamiento. En mi movimiento, al tomar uno de los agarraderos de los asientos a la mitad del autobús sentí una mano que firmemente tomaba la mía y al volver la vista pude ver a una mujer joven llevando una cesta celeste con una impresión de flores rosadas y que la descansaba sobre las piernas. Me miró y con voz tranquila y sonriendo me dijo:

- Cuidado muchacho, no se vaya a caer.

- Gracias, dije descuidadamente.

Antes de llegar al frente del bus, el joven de la entrada se me acercó.

- Aquí no se puede bajar.

- Es que me pasé de la parada.

-Pero aquí no se puede. ¡Sentate!

Sentí la forma amenazadora del tono. Pero quise hacerme el desentendido.

- ¡Es que me tengo que bajar!

El maleante tomo mi hombro y fuertemente me forzó a sentarme.

Me dejé llevar y ya en el asiento empecé a deliberar si actuaba o no. Venían a mi mente las palabras de mi abuelo. "cuando lo saques, tendrás que usarlo", "piensa en las consecuencias". "una vez lo uses, no hay vuelta atrás"

Lo pensé mejor y decidí que no era el momento. Entonces sabía que necesitaba hacer algo más, ya que era conocido como estos asaltantes se llevaban todo el botín, no sólo el dinero y las joyas. Por lo cual todavía debía esconderlo para evitar que me lo robaran.

El sudor corría copiosamente en mí.

Tomando valor, metí las manos suavemente en la bolsa de pantalón, tratando de no ser tan obvio. Volví la vista sutilmente, hacia los pasajeros que me rodeaban, para asegurarme que no me vieran y con la incomodidad del espacio disponible, lo extraje casi con dos dedos y suavemente lo coloqué bajo el asiento.

El ladrón de la camiseta sacó el arma escondida en la cintura y exigió a los pasajeros que sacaran todo lo de valor que lleváramos.

Llegué a pensar lo ridículo de la situación. Un sólo joven escuálido, tenía sometido a todo un grupo de personas. Concluí lo sencillo que sería imponerse a este ladroncito y darle una buena lección. Lamentablemente, para mí, era muy tarde, estaba desarmado.

Escuché de repente una voz femenina en la parte de atrás que con una actitud agresiva y blandiendo un arma, mostraba la cesta celeste con la impresión de flores rosadas y que minutos antes yo había visto llevándola sobre sus piernas. La muchacha ordenaba ahora con tono violento, que colocáramos nuestras pertenencias dentro de la bolsa.

Tomaron todo lo que pudieron y se bajaron.

La calma volvió para todos. Yo más tranquilo recorrí la unidad con mi vista, como asegurando si todo estaba mejor y lo confirmé. El peligro se había ido.

Me incliné y busqué mi preciada joya tirada bajo el asiento. La recogí y la tomé en mis manos, acariciándola, satisfecho de mi treta y de mi logro.

No es justo que estos mañosos fácilmente te roben y te quiten lo que tanto te cuesta y sin el cual es casi imposible vivir.

¡Al menos yo, no podría vivir sin mi celular!

(2012)

YO PECADOR

-Yo confieso ante Dios Todopoderoso, y ante vosotros hermanos que he pecado mucho de pensamiento, palabra, obra y omisión.

El religioso se había arrodillado en una de las bancas de la iglesia y con la mirada fija en la imagen pedía, queriendo gritar para que alguien en las alturas quizás le oyera.

-Por mi culpa, por mi culpa, por mi gran culpa.

Como era posible que, con tanto rezo y tanta

penitencia, el pecado siempre lo dominara.

-Por eso ruego a Santa María siempre Virgen, a los ángeles, a los santos y a vosotros hermanos, que intercedáis por mí ante Dios, Nuestro Señor. Amén.

En la adolescencia apareció esta tentación. Se acordaba muy bien.

Siendo un joven de origen humilde y proveniente de un pueblo del oriente del país, siempre había vivido en un ambiente de gran carestía y por supuesto, alejado del mundo y de cuanto pasaba, tampoco tenía mucho en que dirigir sus energías y luego por supuesto, la mente divagaba y se ocupaba de cosas no muy sanas.

Además, donde vivía, siendo un lugar tan alejado y abandonado, su mundo era simple y metódico, ya que desde muy pequeño su padre, lo había guiado, mejor dicho, obligado a trabajar en las faenas del campo. El día comenzaba muy temprano, yéndose ambos a cultivar la tierra. Además, qué otra cosa se podía hacer, cuando también es el único modo de subsistencia.

-Vámonos ya, "Máncon", le decía su padre con una expresión exagerada y peor pronunciada del nombre Michael, que rendía tributo al "Rey de la música pop", de quién era un admirador el padre del joven.

El nombre le había costado ponérselo en el

registro de la alcaldía, pero más le costaba pronunciarlo. Sin embargo, desde su nacimiento el joven, era más conocido, simple y llanamente como "Máncon". El padre, quería que su hijo fuera diferente y por nada del mundo lo llamaría Guadalupe como él, aunque también hubiese nacido el doce de diciembre, día que se conmemora a la virgen.

Sara, la madre, no estaba de acuerdo con el nombre del niño, pero como "Lupe"-como le decían al padre- fue solo a la alcaldía, y en estas familias el hombre manda, él solo decidió.

Recién nacido, las peleas eran muy usuales.

- ¡Pero Lupe, si ni pronunciar el nombre podemos!

- Y que cuesta, decía él, "Máncon". Vaya, es fácil, "Máncon". Además, es mejor que "Bili Yin".

"Máncon", fue siempre un joven muy religioso. Guiado por su madre, quién creía que las oraciones dichas a tiempo, y diariamente era la manera de alejar cualquier idea de pecado. Sin embargo, compartiendo siempre con Lupe, era muy difícil para "Máncon" alejar las tentaciones. El progenitor siempre le aconsejaba: "Uno es hombre y tiene ciertas necesidades". "Dios sabe que somos pecadores".

El muchacho vivía confundido.

Los domingos al confesarse con el padre Jacinto, el párroco del pueblo, éste le repetía que la tentación es pecado. "Venga de donde venga. Tienes que evitarla. No por gusto es parte de los pecados capitales."

El joven repetía lo que su papá decía, pero el cura le interrumpía:

-¡Lupe no sabe! Allí lo veo el domingo entrar en el burdel del pueblo. No sé por qué es así, teniendo una buena mujer como la Sara.

Salía del confesionario, sin saber qué hacer.

Recordaba el muchacho la vez que hablando con Felipe, su mejor amigo, buscaba aclarar sus pensamientos.

- ¿Y vos Felipe cómo haces?

- Yo sólo me dejo llevar, "Máncon". Es bien difícil resistirse.

Cuando "Máncon" iba a trabajar con su papá y era la hora de almorzar, acostumbraba apartarse de su padre y los otros trabajadores e irse a cobijarse bajo una espesa sombra de un amate en un rincón del terreno.

Allí "Máncon", se olvidaba del mundo y de los consejos de su madre y se metía en su oscura gratificación.

Los otros campesinos le preguntaban a Lupe por qué el joven se aislaba y no comía con ellos, pero él les respondía irónicamente:

- Ya saben cómo son estos muchachos. ¡Necesitan de su espacio!

Los años pasaron y aunque la tentación pudo ser controlada, en cierta medida, seguía siendo una fuerza difícil de manejar.

La adolescencia llegó y la fuerza del pecado aumentó.

Viniendo de una familia con grandes dificultades económicas y siendo un joven apartado, más bien tímido y no muy bueno para el trabajo, aprovechó la oportunidad cuando el padre Jacinto le dijo que sería bueno que entrara al seminario y descubriera si la vocación religiosa era para él.

Su madre estuvo muy complacida y repetía a todo el mundo que tener un sacerdote en la familia, no era sólo una bendición para ellos, sino para todo el pueblo.

"Máncon", confiaba que su madre no podría estar equivocada. Él se miraba con muchas cualidades para el sacerdocio. Además, donde más podría obtener mejores armas, que le permitieran luchar y vencer su pecado. ¡Sólo en la casa de Dios!

Se fue al seminario y allí apoyado por otros

hermanos y guías espirituales, pudo mantenerse tranquilo y en alguna medida libre del pecado, aunque sus confesiones siempre tenían como tema central, la lucha con ese fuego interno, que lo quemaba de vez en cuando. El seminario, siendo un ambiente controlado, no le permitía salir, ni ver a otras personas. Asimismo, las señoras que les ayudaban con la limpieza eran muy respetuosas y además lo veían como un "niño", que se estaba descubriendo y que Dios tomaría y llevaría... si él se dejaba llevar.

Pero la crisis siempre venía.

- Padre, cada día me es más difícil controlarme.

- Hijo, tienes que ser fuerte. Además, esta lucha, no sólo es tuya. Todos los religiosos hemos pasado por ese combate. Por lo que dices, cuando ves en la cocina a Martita, la nueva cocinera, preparando la cena, no puedes evitar llegar donde ella. Yo lo que creo es que estás confundido por las atenciones de esta muchacha. Que ella te de algunos bocadillos, no es razón para que pretendas continuar más allá.

- Pero padre, si yo...

- Déjame ayudarte. Lo primero que tienes que hacer es evitar a toda costa llegar a la cocina y cuando te sobrevengan esos deseos irrefrenables. Abre tu salterio y en tu habitación, reza y reza sin cesar. No olvides que la oración es la mejor arma para alejar al maligno.

- Bien padre...

- Voy a hablar también con Martita para que te ayude y no que te sirva de piedra de tropiezo.

- No padre, por favor, ella no tiene culpa.

- No hijo, a ella como a todas las mujeres que nos ayudan aquí, se les ha dicho muy claro las reglas del seminario. Así que me extraña que Martita, hasta te ofrezca comida en horas que no son las establecidas. ¡Eso no está bien!

- Pero Padre...

- ¡No! Ellas saben el proceso en que ustedes se encuentran como seminaristas. ¡Debemos cuidarlos, y no favorecer situaciones que los puedan hacer pecar!

Para evitar problemas con otras personas, "Máncon", decidió, en el futuro, ser menos explícito en las confesiones.

Las tentaciones seguían.

Al ir más avanzado en la carrera clerical, fue asignado a dirigir la pastoral Juvenil, aunque desde el inicio no estuvo seguro si era buena idea, considerando su debilidad. Pero como el padre Jacinto le decía. "No puedes esconderte siempre" "Qué mejor oportunidad para probar tu fe"

Se mantuvo más o menos sosegado por algún tiempo, pero luego volvió el ataque del demonio.

- Michael, qué bonito su nombre.

Era la catequista del grupo. Una jovencita de diecisiete años que le asistía a coordinar y orientar al grupo. María José, se llamaba.

La muchacha continuaba con su interrogatorio.

- ¿Y usted baila igual que el cantante?

- No, es que mi papá me puso...

- Estoy bromeando Michael. ¿Si usted sólo alabanzas conoce, ¿verdad?

La amistad había crecido entre ambos chicos y ya el seminarista hasta había ido a la casa de la joven, para trabajar en cosas de la iglesia. María José, tenía ese nombre por provenir de una familia muy religiosa y sentían los padres que ese nombre la guardaría de todo peligro, al tener como guardianes a María y a José.

"Máncon", en casa de la muchacha cambiaba, quizás por salirse del ambiente rígido de la iglesia. La pareja, acostumbraba a escuchar música moderna e incluso hasta compartían saboreando unos ricos bocadillos que la madre de María José preparaba. Fue allí cuando el descontrol del seminarista empezaría a desarrollarse.

Los años pasaron y quiso Dios que "Máncon" terminara su estudio y se ordenara finalmente de cura. Estando en misión por distintos países, fue regresado luego a su país natal. Allí, lo que parecía controlado y cosa del pasado, volvió a surgir.

Su mente pasaba atrapada entre dos ideas: la fe y su pecado que ahora de sacerdote, por estar con más gente, se veía más expuesto a invitaciones, a la cuales no podía rechazar y cuando las tentaciones siempre estaban.

Las señoras se le acercaban y con hablado caprichoso, le acosaban con alguno que otro bocadillo.

- Padrecito, mire qué rico esta esto.

- Gracias, doña Angustias

- Ay padre, Usted no me ha probado este postrecito que le hice.

- No, no es que no quiera Doña Leonor. Es que tengo que cuidar la línea.

Las señoras con mirada coqueta, aclaraban.

- Ay, padrecito. Si Usted siempre se ve bien.

¡Dios lo mantiene en forma!

"Máncon", percibiendo el peligro, inventaba cualquier excusa para retirarse y salir del lugar. Al llegar a la iglesia, se encerraba en su cuarto y las oraciones empezaban.

- Señor todo poderoso. Ayúdame a ser fuerte. No sé si voy a poder con esto. Por favor dame fuerza de voluntad.

Las oraciones seguían por horas, hasta entrada la noche y como una ofrenda al creador decidía no comer haciendo mediante el ayuno violencia al cuerpo, para combatir el pecado.

Evitando caer, decidió ya no asistir a las cenas que le invitaban las distintas pastorales, ya que siempre había una u otra mujer acosándole.

Sin embargo, cada vez que pecaba, hipócritamente volvía a repetir la frase que su padre le decía de pequeño, para tratar de justificar la tentación: "Dios sabe que somos pecadores". Al menos el pecado no era completo, ya que cada vez que caía era una sola "probadita". De hecho, quizás fuese por conocimiento de causa, pero el disfrute no era normal. Después quedaba en él una sensación molesta de haber fallado.

Al final el diablo le ganó. Todo se arruinó una tarde cuando solo en la sacristía, apareció María José, la jovencita de la pastoral. Ahora convertida en una mujer.

- Hola Michael.

- Hola María José. ¡Qué gusto verte de nuevo!

- Gracias. Me había ido a estudiar fuera del país y hasta ahora vine y no me creas, siempre pensé en ti.

- Si, yo también, jovencita. No he podido probar otro arroz en leche como el que preparaba tu mamá.

- Pues para que veas que no nos olvidamos, aquí te traigo tu plato favorito y no me salgas ahora como siempre que no puedes, porque tenés que cuidar la línea. Ya es tiempo Michael que no seas tan rígido contigo. Yo sé que hay normas, pero eso que dices del pecado, no es para tanto.

"Máncon", reflexionó y olvidándose momentáneamente de su pecado de la gula, se dejó llevar por su desaforado apetito decidiéndose a compartir con la joven, como en el pasado, de otro delicioso bocadillo.

(2007)

INFIEL

No sé si es la moda, pero la mujer ya no es como antes. En el pasado, como que era más sumisa y más comprensiva. Sé que alguna cuando lea esto pensará que soy otro machista que quisiera que vuelvan los tiempos en que las damas eran poco más que un trapo sucio que cualquier hombre tiraba y tomaba cuando quisiera. Me imagino que diría, que ahora el hombre debería escuchar el verdadero sentir de las féminas. Reconocer que merecen respeto y que también sienten y ante todo piensan.

Personalmente no creo que ellas estén esclavizadas. Más bien creo que aquí se ha dado una especie de engaño. La mujer percibe que se le ha quitado un derecho que tiene, porque se le priva de la oportunidad de hacer lo mismo que hace el hombre. Yo veo que ambos podemos tomar nuestras propias decisiones y ser igualmente productivos. Pero lo que se observa, es que la mujer quiere demostrar ser más y por supuesto mejor que el hombre, y es allí cuando donde nos metemos en grandes problemas. Unido a esto, las redes sociales las han expuesto más y por supuesto fomentan el contacto con otras personas. La red también por su condición ofrece ese nexo íntimo que te permite decir lo que quieras en un ambiente supuestamente seguro. Allí puedes ser el que tú quieras, tener lo que deseas y ofrecer lo que te plazca. Es un escaparate para construir la historia favorita. Debido a que los hombres también hacen lo mismo, en la mayoría de los casos, las mujeres son fácilmente engañadas. Veo ahora a las doncellas tan frágiles ante la tecnología, que yo creo que no se dan cuenta en lo que se meten. Participan en cualquiera de las redes sociales y fácilmente entran en contacto con otras personas que por el simple afán de "venderse", ocupan cualquier argucia para entrar en contacto, socializar y convencerlas. A mí me da risa, ver la forma tan obvia que caen en las redes de los cazadores de la red. Es tan fácil ver y ante todo predecir, el objetivo de los navegadores, pero parece que ellas no se dan cuenta y lo ven tan normal, hasta que es demasiado tarde.

Todo esto lo percibí en Roxana, pero no pensé que fuera a llegar demasiado lejos.

Parece que ésta es una conducta muy usual en nosotros. Creemos que somos especiales, que representamos para ellas todo e incluso ilusamente nos creemos como la mejor y quizás la única opción. Suponemos que todo está bien. Que como uno así lo ve, ella debe verlo de la misma manera. Evitamos los varones la comunicación, porque desde nuestro punto de vista, es sólo para los que están mal y para nosotros no podría estar mejor. Con el tiempo, aparecen algunas señales que cualquier mujer pudiera percibir, pero, quien sabe porque para nosotros, no son tan obvias. Luego cada quien hace lo suyo, sin importar el sentir del otro, y finalmente nos vamos distanciando y ya en este punto para cualquier otro sujeto es fácil decirles cualquier mentira y acercárseles.

Debo reconocer que al principio ella me buscaba para querer decirme algunos malestares que tenía con mi trato. No sé por qué siempre pensé que eran exageraciones o susceptibilidades de ella y que por supuesto eran propias de su género. Hablamos un par de veces, pero en mis adentros sabía que era sólo de aguantar un poco, dejarla hablar y se calmaría.

Con el avance del tiempo ya no hablábamos y la relación se volvió un tanto áspera y sólo entonces y luego de un comentario de un amigo que trabajaba en otra institución financiera igual que yo, pude escuchar que cuando el contacto se vuelve tenso, es posible que la contraparte, no sólo ya no le interese arreglar las cosas, sino más bien, hasta se pueda encontrar en otra relación. Me asusté mucho. Pero en mis adentros me repetía, que ese amigo tenía que estar equivocado, que esas cosas les pasan a otros, pero no a mí. Además, no cabía en mi mente que ella simplemente decidiera ahora probar con otro, cuando llevábamos muchos años juntos. Si ella era inteligente –pensaba yo-, iba a analizar todas las consecuencias.

Recuerdo que cuando la conocí, ella era una joven sin mayor respaldo económico, sin casi nadie que la conociera. Solo yo creí en ella, la ayudé, la apoyé totalmente, hasta que ella logró cosas que sin mí no le hubiera sido posible.

¡No podría ser que ella simplemente se le olvidara todo eso!

Entiendo que la fidelidad nadie la puede garantizar, aunque al conocerse o definir las cosas, se diga que nunca sería alguien capaz de tal o cual cosa, pero me molestaba mucho haber hecho tanto y que ahora ella me pagara así.

Pude averiguar que el suceso se produjo en internet. Amigos mutuos siempre me decían que la miraban conectada a toda hora y yo me preguntaba, qué hacía tanto. Con quién estaría chateando. Ella mentía: "a mí eso de las redes sociales ni me gusta, es pérdida de tiempo".

Considerando que la comunicación personal, estaba obstaculizada, traté de jugar en su cancha e intenté entonces, contactarla a través del mismo medio. Enviaba, entonces, continuamente solicitudes de amistad, pero nunca eran atendidas.

Por mi lado, el amigo de la otra empresa, que sí estaba en su grupo de amigos del ciberespacio, me informaba de sus comentarios y lo más importante, de los amigos que ella tenía.

Me volví neurótico. Todas las mañanas llegando al trabajo, llamaba a mi amigo para corroborar el portal y me dijera lo que anotaba y si había uno que otro comentario caprichoso de algún "conocido". Con el tiempo, la manía era tal que le pedí a mi amigo que me diera su clave, para poder más tranquilamente y en cualquier momento revisar lo que ella hacía.

Recuerdo una vez que la encontré en la iglesia y aún allí la observaba en contacto, a través de su teléfono. Parecía que la estaba perdiendo, sino la había perdido ya. Decidí actuar y la abordé. Le pregunté por qué ese cambio tan radical en la relación. Le expliqué que me extrañaba porque ya no hablaba e incluso, como no había aceptado mi solicitud a través de la red social. Las respuestas fueron evasivas.

Con el tiempo, hasta el acuerdo que teníamos se fue rompiendo y ya ni me pagaba uno de los préstamos que le hice.

Decidí darle su espacio y esperar para ver si reaccionaba, pero el distanciamiento se hizo mayor.

Cambié entonces de estrategia y empecé a contactarla a través del teléfono, para hacerla reflexionar, pero si bien al principio atendía las llamadas y me decía tal o cual cosa, pasado un tiempo empezó a dejar a que el teléfono sonara y sonara. Creí que esto debía ser normal. Quién no pasa por esas rachas emocionales, en las cuales nos ponemos rebeldes y nos sobrevienen frases como, "yo tengo derecho a...", "y porque tengo que quedarme con éste". Bueno la verdad que curiosamente esto les pasa más a las mujeres que a los hombres. ¡Cosa de hormonas, me imagino!

El tiempo pasó y la comunicación empeoró. Eso ya no podía seguir así, por lo que me propuse llamarla continuamente: mañana y tarde. El teléfono, no recibía entonces respuesta. Sin embargo, en las redes sociales, ella seguía muy activa, lo cual me molestaba aún más considerando todo lo que habíamos pasado. Siempre creí que yo merecía un poco de atención.

No sé si fue neurosis o qué, pero llegué a vigilarla más aún. Hasta le pedí a un compañero que le hablara como intermediario, sin embargo, las respuestas de ella eran siempre esquivas y en ese punto, yo me encontraba en una situación crítica y desesperante.

Tomé entonces, -a mi pesar- la decisión final en estas situaciones. Yo sabía que estos procesos traen siempre complicaciones y al final la relación termina arruinándose completamente. No obstante, para ese momento, ya no me importaba mucho la relación, sino más bien recuperar el dinero que le había dado.

Confieso que me sentía un tanto mezquino, ya que siempre he sido una persona creyente en que una buena relación vale más que un mal negocio, pero como estaban las cosas podría traerme otras complicaciones.

Pasé entonces la tarea a un especialista, un bufete legal cuya estrategia es sacar información sobredimensionando el problema, para lograr un acuerdo. Pasó un par de semanas y el especialista tampoco pudo hacer nada, pero me trajo importante información.

Todavía recuerdo esa mañana cuando me reuní con el abogado. Me dijo que no tenía muy buenas noticias, pero creía que la información de todos modos me sería de utilidad para tomar ciertas decisiones críticas en el problema.

Los resultados de la investigación fueron impactantes.

Hasta ese momento pude reconocer que la muchacha sencilla, responsable y trabajadora que yo conocí la vez que habló conmigo, no era tal.

Ahora me daba cuenta que debido al mal trato que yo le había dado, había ido a buscar en las redes sociales, mejores oportunidades habiendo conocido a otros hombres y las cosas había llegado más allá.

A todos nos había mentido. En verdad no tenía un trabajo fijo, y la constancia de sueldo que nos presentó era falsa y en verdad no ganaba lo dicho, ni tenía el tiempo laboral que mencionaba.

¡Era algo terrible!

Allí me encontraba yo y los otros engañados, con un problema serio para cobrar los créditos bancarios que le habíamos otorgado a Roxana mediante la relación de negocios que tenía con nuestros bancos.

(2012)

VIOLADOR EN SERIE

-Disculpe me permite unas palabras.

- No puedo hablar, lo siento.

- Entiendo su situación, señor, pero sólo quisiéramos conocer de sus impresiones para informar al público.

- Por favor tenga un poco de respeto. A ustedes sólo les interesa salir con su noticia, aunque nos hagan sufrir más.

El periodista veía como su noticia se le escapaba y le dejaba únicamente con la información general que se oía en el ambiente. Sentía el malestar que la llamada al noticiero no hubiese sido muy específica, aun cuando prometía ser una noticia de primera plana.

- Aló.

- Buenos tardes, **NOTIEXPRES**. ¿En qué le podemos servir?

- ¡Le hablo de la Colonia Escalón! ¡Es sobre el atacante sexual!

- Sí, diga. ¿Qué pasa?

- ¡Que ha vuelto a atacar, pero lo han acorralado en la colonia! ¡La policía, ya viene!

- ¿Pero en qué parte de la colonia?

La llamada se había cortado y las dudas eran muchas.

Este era un atacante sexual que por cerca de varios meses había acosado varias colonias de familias acomodadas, sin que hasta la fecha se supiera ni su descripción física, ni se tuviera información de su paradero.

La información que se conocía era que merodeaba por varios días consecutivos diferentes colonias a la vez, como para conocer los lugares.

Acostumbraba a observar las víctimas desde lejos y sin acercárseles analizaba sus actividades cotidianas por algún tiempo.

El delincuente tenía prácticamente en vilo a todas las familias de la zona, quienes trataban por todos los medios de proteger a las hembritas.

Se oían muchas historias aterradoras. "No te puedes confiar. El animal las observa. Las sigue y cuando las tiene al alcance las ataca bruscamente. No se preocupa de esconderse o cubrir sus fechorías. Se dispone a cometer el hecho donde esté y ante quien esté. El problema es que nadie se le acerca, por su apariencia violenta y rabiosa, es terriblemente peligroso intervenir."

Todo el mundo en la zona tenía sus técnicas para atraparlo. Pensaban que si vigilaban la zona día y noche era mejor que esperar a que las autoridades hicieran algo al respecto. Por los resultados, parecía que a los agentes del orden no les interesaba el problema.

El corresponsal fue el primero en llegar, pero como siempre el depredador ya había huido, dejando atrás el delito cometido con tanta brutalidad y una vez más a los habitantes de la colonia, con la impotencia y frustración de sentirse desvalidos y desprotegidos ante la violencia.

Los vecinos repetían varias descripciones:

- Tiene el pelo amarillo.

- Es de ojos claros.

- Cojea de una pierna.

Al final las observaciones eran confusas y no permitían tener una idea clara de la apariencia real del malhechor.

Al periodista le llegó la hora de dar su información y sin tener otros datos decidió comunicar lo que tenía:

"Nos encontramos en la colonia Escalón donde una vez más se ha producido otro ataque del violador serial que desde hace varios meses tiene tensa a esta colonia. Y es que aun cuando este es el décimo ataque, el delincuente sigue libre y asechando no sólo a esta colonia. En esta oportunidad, el depredador estuvo cerca de ser apresado por las autoridades, pero una vez más se burló de sus captores."

Luego las tomas mostraban la escena del crimen: un pasaje de la vecindad, donde a plena luz del día el bandido había vigilado a su presa. Se habría escondido tras unos arbustos para luego abalanzarse sobre Tita, la víctima de hoy. Le propinó varios golpes en el cuerpo, para luego llegar a tomarla del cuello, sometiéndola después y consumar el hecho.

El periodista continuaba.

"Esta es la continuación de la noticia, que desde hace algún tiempo hemos estado llevando hasta ustedes. 'El violador de la Escalón', como se le ha dado en llamar, es un atracador que por varios meses ha estado sembrando el terror en la zona. Según las versiones de los vecinos, se le vio recorrer las calles, hurgando los basureros. Al principio no despertó desconfianza, ya que se supuso se encontraba buscando en la basura alguno que otro material que pudiera serle de utilidad. Con el tiempo, según declaración de otros vecinos, se fue quedando en la zona verde de la colonia y aunque daba muy mal aspecto, pensaron que tal vez estaba descansando y luego se iría. Sin embargo, las cosas no fueron así, vieron que se quedaba por varias horas, llamando la atención que al salir de las casas alguna hembra, el merodeador cambiaba de actitud y en vez de descansar despreocupadamente como había estado, se disponía muy alerta, observando cuidadosamente a su presa, para conocer su desplazamiento. Era notorio, decían los testigos, que cuando la fémina salía acompañada por alguien, el atacante no se movía. Se hacía el desentendido y en algunos casos hasta se alejaba del lugar, para no llamar la atención. Pero cuando decidía atacar, era siempre violento y terriblemente despiadado."

Las imágenes mostraban, mientras tanto al camarógrafo pretendiendo dejar ver la víctima, pero los brazos de los conocidos entorpecían la toma, no dejando que se transmitieran los hechos.

"Esta es la décima víctima del atracador sexual, sin que hasta la fecha pueda garantizarse su captura. Desde la Colonia Escalón, en San Salvador, Camarógrafo: Miguel Cubillas; reportero: Salmerón Contreras. **NOTIEXPRES**."

Poco se conocía de este delincuente. La información más cercana al perfil era que se identificaba como un sujeto joven, aunque no se precisaba la edad. Su apariencia, dejaba mostrar un origen corriente y quizás oriundo de la zona de San Jacinto, una población al sur de la capital. Esto debido a que más de alguna persona lo había visto deambulando por allí.

Su aspecto en la mayoría de los casos lucía sucio y descuidado. Haciendo notorio un pendiente color verde que le colgaba del cuello, dejando ver un motivo de una figura roja que asemejaba a una estrella.

La gente no olvidaba la vez en que un vigilante de una colonia vecina, al notar la apariencia sospechosa del intruso, lo conminó a retirarse, lo que provocó la ira del extraño, atacándolo violentamente. Por fortuna, un vehículo apareció y haciendo sonar la bocina, logró que el atacante soltara al guardia y huyera del lugar. El celador, sin bien sobrevivió, recibió tratamiento médico que le mantuvo por tres semanas sin poder trabajar.

Los residentes habían tomado la decisión de

hacer justicia por sus propios medios. La situación era ya intolerable y el transgresor no únicamente había causado tanto daño a seis nenitas mediante su ataque agresivo y bestial, sino que a cuatro más, las había incluso embarazado.

La operación se planeó cuidadosamente. Se sabía que el delincuente serial merodeaba el último pasaje de la colonia, ya que ahí residía "Stella" la única joven que, gracias a mantenerla resguardada en la vivienda, se había logrado escapar de las agresiones, pero continuamente la vigilaba. Parecía tenerla como su principal objetivo.

La idea era utilizar a la hembrita como carnada, permitiendo que el violador la asechara, capturándolo entonces.

El desenlace del plan era la más crítica, ya que la mayoría de los residentes de la colonia, siendo dañados por el depredador, querían asesinarlo saciándose así con venganza, a la vez que se libraba a la comunidad de futuros problemas. Finalmente privó la razón y se decidió que se entregaría al delincuente a las autoridades.

Llegó la hora estimada y cuando el delincuente pretendió lograr su último y más deseado objetivo fue cazado con una red que entre varios vecinos le tiraron en el momento oportuno. El acosador se contorsionó fuertemente, tratando de liberarse de la madeja, pero más logró enredarse. Bastaron un par de golpes para que el capturado se aquietara y fuera totalmente dominado.

La alegría del grupo fue explosiva.

Al fin el problema estaba resuelto y la colonia volvería a respirar tranquilidad y paz. Justo al terminar de amarrar al preso, apareció el agente de la perrera municipal, para llevarse al perro lujurioso.

(2013)

LA PRUEBA DE AMOR

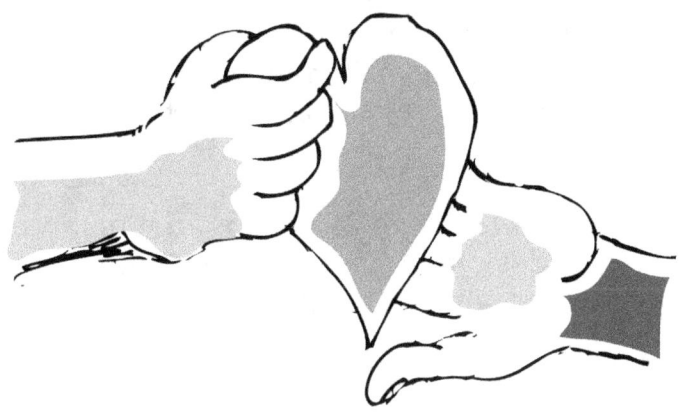

- ¿Me amas?

- ¡Claro!

- ¿Qué tanto?

El interrogatorio era un guion que tenía que hacerse todos los días y casi a cada momento.

Bueno entre dos enamorados, esto es normal y no se debe considerar una actitud neurótica. Sentimos que le amamos tanto que queremos oír y oír de sus labios continuamente el sentimiento que nos profesan. Pero yo creo que a veces no es suficiente.

Desde que conocí a Pamela pude ver que era mi alma gemela, pasábamos horas y horas conversando, muchas veces de cosas sin importancia –como decían todos-.

Por mi parte no quería estar con nadie más. Mis amigos me llamaban "el extraño" ya que me había aislado y mi día, mi noche... mi vida era Pam.

Para mí era la niña más preciosa del mundo. Sus grandes ojos cafés, su cabellera rizada que descansaba sobre sus hombros y... su cuerpo.

Pamela no es una muchacha que habla mucho, quizás me pasaba el día sacándole las palabras. Ella dice que soy muy exagerado, pero yo veo que con otras personas se comporta diferente y habla más.

Dice que soy muy celoso. Que si el amor es puro y sincero tengo de entender también que ella debe tener sus amigos. De todos modos, yo tengo mis amigas y ella me comprende. Pero es que para mí es difícil...muy difícil.

Pensar que uno de esos zorros pueda mal entender que ella solamente quiere tener amigos y nada más. En estos tiempos no se puede confiar. Pero ella me sigue repitiendo que me debo de calmar, que no hay nada malo con eso. No sé.

Con la ropa que debía usar, si reconozco que

no he podido ser muy tolerante. Me molestan tremendamente esos escotes pronunciados o esas minifaldas escandalosas que se empeña en usar. ¡A qué muchacha decente, sensata y en sus cinco sentidos se le puede ocurrir andar así!

Ahora recuerdo la vez que habíamos ido a una fiesta. En un momento, cuando la dejé momentáneamente para conseguir una bebida y viéndola desde lejos recordé lo difícil que había sido para mí aceptar esa tarde que se pusiera esa ropa. No olvido el atuendo: Una blusa amarilla sujetada del cuello, mostrando toda la espalda y una minifalda verde que inmediatamente vi el problema cuando se sentara. La discusión fue fuerte, pero como las cosas llegaron a ponerse críticas, terminé –de mala gana- por aceptar.

En el auto me preguntaba, porque Pam necesitaba enseñar sus partes para que se reconociera bonita. Será esto alguna señal de baja autoestima. Será que la mujer necesita que la vean, que la acosen y le digan cosas para sentirse bien. ¡Porque uno de hombre se viste normal y ya!

Al verla esa noche desde el bar no pude evitar escuchar algunos comentarios:

- ¿Ya viste a la chava de la blusa amarilla?

- ¿La de la falda verde?

- ¡Sí!

- ¡Qué bárbara verdad!

- Yo lo que quiero es que se levante, va a enseñar hasta la conciencia.

- Ja, Ja, Ja. ¡Yo la vi cuando entró, anda un hilo dental que para qué te cuento!

Giré la vista hacia ellos muy molesto, como imponiéndome, pero sin importarles mi expresión continuaron con sus comentarios lascivos y ofensivos a la moral.

Llegué hasta Pam y le conté que todo el mundo estaba haciendo comentarios de su vestir excesivamente provocativo, pero únicamente sonrió, tomó la bebida y me dijo que quería bailar.

- ¡No se puede, le dije, mira como andás!

- No digás eso. ¡Ahora todas andan así!

Se puso en pie y dando un giro me lanzó la pregunta:

- ¿Que, no te gusta?

Estaba en ese momento, más preocupado por que la vieran todos. Quise saltar y taparla, pero fue imposible, ya todos en la barra estaban aplaudiéndole el gesto. ¡Me moría de rabia!

La llevé afuera y allá muy molesto, le dije que no me gustaba su forma de comportarse, porque me ponía en ridículo.

- ¡Ya hablamos de eso Pam!

- ¡Es que sos muy celoso!

- Pero como dices eso. Ya ves como pones a los otros. Ya me imagino lo que estarán diciendo y mucho menos lo que estarán pensando. Vos crees que ellos te tomarían en serio. ¡Sólo te usarían y ya! Tú no aprecias cuánto te amo y cuánto me duele que te portes así. ¡No puedo entender por qué necesitas andar enseñando todo!

- Ah, ¡o sea que ahora soy una cualquiera!

- No. Yo no digo eso. Eso lo dirán esos vulgares. ¡Si hubieras oído lo que decían de ti!

- ¡Bueno cálmate! ¡No es para tanto!

- Mira Pam, tú sabes cómo te he respetado y todo porque te amo con toda mi alma. Pero parece que no aprecias eso.

- Claro que sí, tontito. -Decía ella dibujando esa sonrisa maliciosa que siempre fue mi debilidad, pero que en este momento me enojaba más-. Lo que pasa es que eres muy celosito.

Al final nos abrazábamos y la calma llegaba.

Sin embargo, yo seguía pendiente de todos esos lobos que merodeaban.

A los centros comerciales no me gustaba acompañarla, porque se quería probar toda la ropa más pequeña que encontraba y yo siempre recomendándole "otra" más conservadora, pero ella elegía de las "micro prendas" y entonces la pregunta llegaba:

- ¿No crees que me veo más bonita con este?

- Sí, pero...

Yo cada vez me encontraba más incómodo con la situación y no hallaba una solución al problema.

Las cosas empeoraron cuando la vi que pasaba prendida de su celular, chateando con sus "amigas". Esto si me puso más susceptible. ¿A quién podría escribirle y de qué hablarían?

Llegaba a su casa y mientras hablaba trataba de atisbar en la pantalla lo que escribía, pero era imposible. Con estos equipos, tienes que estar de frente para poder ver bien.

Le pedía entonces un poco de agua para lograr que se levantara y mientras se retiraba yo podría ver el celular, pero ella se tardaba tanto preguntando si quería mejor un jugo u otra cosa, que el protector de pantalla entraba en funcionamiento bloqueando la imagen y dejándome frustrado y sin manera de poder ver algo.

No puedo negar que en varias oportunidades intenté entrar a su móvil, lo cual me parecía fácil al lograr intuir su clave. Trataba de escribirla, probando con mi nombre, la fecha de nuestro inicio de noviazgo o mi fecha de nacimiento... pero nada.

¡Esto me estaba volviendo loco!

Una vez rompiendo el silencio y liberando esta carga guardada en mi pecho, le comenté a un amigo, lo mal que me sentía y el comenzó el interrogatorio:

- ¿Y desde cuando son novios?

- Tres meses.

- ¿y la querés?

- ¡Claro!

Luego la pregunta:

- ¿Y ya pasaron a... más?

- ¿Cómo así?

- Bueno, tú me entiendes.

No es que no entendiera. Es que nunca se me había pasado por la mente. ¡Para mí era una falta de respeto!

- ¿Tú le tienes confianza?

- Para serte honesto, siempre se la he tenido, pero ahora siento que ella ha cambiado mucho.

- ¿Y ella? ¿Cómo se siente contigo?

- Yo digo que bien.

- ¿Estás seguro que te ama?

- Sí...creo.

El tono de la conversación fue cambiando.

- Mira en esto de los noviazgos, se debe tener mucho cuidado, porque fácilmente te podés ir quedando como un buen amigo... y nada más.

- ¿Y entonces qué debo de hacer?

- Pasar al siguiente paso. Al siguiente nivel.

Luego de esa vez que mi amigo me dio la solución para mi problema, me lo estuve pensando. Había mil preguntas que revoloteaban en mi cabeza: "¿Y si se enoja?", "¿y si decide finalizar nuestro noviazgo?", "¿y si nos metemos en más problemas?"

- Es la única forma -me dijo mi amigo- Solamente así sabrás si te quiere.

Hoy que ya ha pasado todo, sigo pensando

que no fue buena idea.

Recuerdo que yo había llegado a estudiar con ella aprovechando que se encontraba sola. Su madre no estaba y aunque el corazón se quisiera salir de mi pecho, decidí averiguar si finalmente ella me amaba.

Las dudas seguían entonces atacando mi mente:

- ¿Y si se enoja?

- ¿y si decide finalizar nuestro noviazgo?

- ¿y si nos metemos en más problemas?"

Ahora que ya arruiné todo y estoy metido en más problemas, quisiera retroceder el tiempo y haber hecho cualquier otra cosa y no lo que hice, cuando seguí las indicaciones de mi asesor. ¡Pero ya es demasiado tarde!

La perdí, ella ya no me habla. No quiere saber más de mí. No comprende que cuando se ama de verdad, con todo el corazón, se hacen locuras. ¡Pero todo tiene solución!

Sin embargo, no importa cuánto se diga, no me entiende y no quiere saber más de mí. Me ha dicho que nunca pensó que yo fuera a comportarme así. Siempre pensó que yo la respetaría.

Lo confieso, sé que hice mal, pero creí en ese momento que era la única forma de comprobar sus sentimientos hacia mí. ¡Por eso le pedí la prueba de amor!

Nunca hubiera pensado en tantos problemas. El que yo quisiera conocer la clave de su perfil social.

(2012)

DANDO A LUZ

Soy una mujer de cuarenta y cuatro años por
lo que creí que a mi edad sería un terreno
seco y por demás despreciado para la
fecundación. Además, siendo una mujer de
caderas estrechas, siempre me habían dicho
que el parto, cuando se diera podría ser
complicado.

Anteriormente tuve una relación de doce
años. De hecho, nunca nos casamos, ya que
no estábamos seguros si la relación podría
funcionar. Y al parecer así fue.

No sé si igual que todas, éramos una pareja con nuestras diferencias y nuestras discusiones, pero increíblemente discutíamos mucho por todo y casi en todo momento.

Quizás lo más crítico era la forma de usar el sanitario. Para iniciar, debo confesar que me molestaba mucho por qué él no se sentaba en el sanitario al usarlo, sino que solía orinar de pie, mojando todo el asiento. Me parece una conducta irrespetuosa y antihigiénica. El por su lado, reclamaba que yo me tardaba mucho tiempo en el baño. Lo cual no creo que era así. Siempre le dije que cómo me iba a tomar más tiempo del necesario ¡A nadie le gusta estar en el baño con la vista fija en la pared!

Hace un año me casé y el que siga teniendo algunas discusiones, me hace concluir que esto de las relaciones es complicado y que los problemas van a existir de una forma o de otra.

Con Rodolfo, mi esposo, si bien han aparecido algunos inconvenientes nuevos, el baño sigue siendo un lugar de discusión. Al igual que mi pareja anterior, no quiere usar el sanitario como le pido, pero al menos levanta el asiento y mantiene el cuido de no ensuciar innecesariamente el lugar. Por su parte, sigue el comentario, que me tomo mucho tiempo al usarlo.

Otra vez me ha costado entender ese tiempo, que para los hombres parece ser el apropiado para ir al baño. Siento que lo uso el tiempo requerido, pero una vez dentro escucho los golpes desesperantes en la puerta, apresurándome.

Últimamente, las cosas para mi esposo parece que se han complicado, él manifiesta que me tardo más que antes. Le he manifestado que, con esto del embarazo, las necesidades biológicas de las mujeres son diferentes. Uno requiere ir más frecuentemente y quizás por el estado, hasta se tarda más de lo usual.

Reconozco que, por mi estado, veo que muchas cosas han cambiado. Por una aparte ahora no puedo soportar algunos alimentos que antes comía sin problemas como el pollo, los huevos y el pescado. Por otra, me ha dado un apetito desmesurado de algunos alimentos de estación. Los llamados "antojos", para mí han sido increíblemente deseados, lo que me ha hecho que en las horas más inoportunas haya molestado a mi esposo con comidas de mango con sal y limón, unas veces sorbete y otras, chocolate de una marca específica.

A él, esto le ha causado bastante crisis, porque siendo hombre no entiende estas peculiaridades de nosotras.

Toda esta comida -aunque no se lo digo- creo me trae también el problema del uso extendido del sanitario, pero yo sigo creyendo que el tiempo es el justo.

Estoy ya en el noveno mes y por supuesto, es para mí muy incómodo llevar la carga y hacer cualquier actividad que en otro tiempo me era más fácil. En este tiempo, estoy aún más tensa por la cercanía del día del parto. He escuchado tantas historias y siendo primeriza, todo me parece cierto y motivo de estrés.

"Que las contracciones empezarán en la espalda y se moverán hacia adelante y que serán más frecuentes y más intensas."

Me ha dicho el doctor que mi parto está para dentro de dos semanas, pero que se puede adelantar. No sé, tanta inseguridad me tiene más tensa.

Hoy Rodolfo ha tenido que salir fuera de la ciudad por motivos de trabajo y regresará hasta el día de mañana.

Siendo previsora, he guardado mis antojos más preciados para poderlos comer cuando los requiera. He empezado muy temprano con un buen plato de frutas variadas que, aunque las tenía desde algún tiempo, lucían frescas. Pasé luego a unos chocolates y comí después un bistec para el almuerzo.

Ahora va atardeciendo y he querido descansar un poco. No me di cuenta del momento específico, pero entre la incomodidad de no poder reposar plácidamente por el embarazo y un malestar estomacal que percibí, sentí que el humor me estaba cambiando. En seguida identifiqué lo que mi marido describía como "mis momentos".

No tardó mucho en que sintiera unas pulsaciones en el vientre, aunque no muy intensas. No les di importancia y decidí conciliar el sueño. Empecé a pensar cómo sería el día del parto. A quien debía llamar o como me transportaría al hospital. Bueno quizás era muy prematuro, ya que faltaba todavía mucho tiempo.

Volví a reflexionar sobre la magia del parto. Se produce la gestación y el nuevo ser se va formando maravillosamente, hasta llegado el momento de salir a la luz.

Me era imposible dormir, así que tomé una bolsa de golosinas que había dejado sobre el respaldo de la cama. Las degusté un tiempo recostada, para luego levantarme hacia el baño. Recordaba ahora como estaría diciendo mi marido: "¿otra vez?".

Me pareció una eternidad mi caminata. Con mi carga y esa pose incomoda sosteniendo la espalda, no era muy favorable para apresurar el paso. Sentí otra de las pulsaciones, lo que me hizo reparar que me habían ocurrido varias veces y que ahora se habían vuelto más frecuentes y con mayor intensidad.

Llegué finalmente al baño y pude difícilmente acomodarme. De repente esa extraña y aguda sensación. Me cuesta, pero puedo describirla como una corriente nerviosa, que como una descarga eléctrica me recorre desde la parte media de mi espalda, pasando por todo el vientre hasta llegar a mis pantorrillas.

Me sobresalté mucho ya que recordé las indicaciones de doctor y los síntomas que tenía que considerar cuando el momento estuviera cerca.

Traté de calmarme y concentrarme en los síntomas que estaba viviendo. Conté los minutos y en un ambiente silente, de momento percibí un vacío terrible que me dejaba una sensación de soledad. Me volvió un escalofrío y pude sentir las gotas de sudor saliendo de mi frente y comenzar a crecer, para luego rodar sobre mi rostro.

No fue necesario esperar mucho. Otra contracción vino, pero esta vez en mayor intensidad que la anterior y focalizándose en el parte baja de mi vientre, pero que irradiaba esa terrible sensación desgarradora y punzante que me provocó que todo mi cuerpo se convulsionara.

Sabía que debía tener calma. En estas situaciones perder el control es peor y puede llevarte a resultados fatales. Empecé a respirar como me habían dicho: "Piensa en la palabra RELAX al respirar, diciendo RE cuando inspires y LAXXXXXXX cuando exhales. Siempre la exhalación debe ser más larga que la inspiración"

En este punto pude darme cuenta de lo tensa que tenía mis piernas y como brillaban cubiertas de sudor. Sin embargo, la tensión no era el mayor problema, me vino un retorcijón muy fuerte cuyo origen no lo podía identificar, pero que tardó tanto que llegué a pensar que mi vientre iba a explotar.

Continué: RE...LAXXXXXXXX...
RE...LAXXXXXXXX

De repente, pensé que curiosamente siempre que las crisis vienen, es cuando no tienes ayuda. No sabía cómo iba a enfrentar esto, pero era un hecho que no tenía otra alternativa que enfrentarlo por mi cuenta. Trate de darme ánimo recordando que estos momentos son usuales en el campo, donde las mujeres los resuelven solas y sea por ser muy valientes o porque al final tampoco hay otra opción, de una u otra manera salen avante.

Llegué a percibir que en la parte baja de mi vientre empezaba a salir una sustancia acuosa, que, si bien no tenía sangre, si parecía anunciar un suceso crítico de mi organismo.

El tiempo pasó sin darme cuenta, hasta que una vez más para no olvidar el estado en que me encontraba, llegó otra contracción, pero esta vez no solamente duró mayor tiempo, sino que me hizo quejarme con mayor fuerza y presionar violentamente mis puños, buscando expulsar el dolor que en este punto era muy molesto y había comenzado a ser insoportable.

Hasta este momento pude finalmente reconocer que me encontraba en una situación crítica. La sensación era no solo de molestia en la parte baja, sino que me hizo pensar que -como me habían dicho- posiblemente mi edad sería un problema para terminar la tarea.

Como fuese, me encontraba en el momento crucial y encontrándome sola, debía por mis medios terminar con este proceso.

De repente me sentí más tranquila ya que parecía que los dolores sufridos habían sido producidos por la salida de la parte inicial del engendro. Pensé que ya faltaba poco y debería aparte de continuar con la respiración, presionar hasta el dolor para finalizar con la expulsión. Hice mi último esfuerzo y el trabajo terminó.

Tomé un poco de papel higiénico para asearme y me puse en pie. Me vestí y recomponiéndome pude ver que todo mi cuerpo estaba empapado.

Me sentía extenuada.

De ahora en adelante iba a cuidar lo que comía, para evitar estas deposiciones que me hacían sufrir cada ver que iba a defecar.

(2007)

LOCO

No sé si es un castigo o una bendición.

Muchas personas me dicen que debería de estar feliz y no estar reclamando, porque el que mi hijo sea así me lo aparta de tantos peligros de hoy en día. Las drogas, las pandillas y tantas situaciones que son también de gran riesgo para los jóvenes de hoy.

Quizás lo que me afecta más es que de pequeño no era así. Era un niño como todos, muy dedicado al estudio y con sueños normales. De hecho, alguien me dijo que al crecer él cambiaría, pero yo pensé que para bien y no para ahora verlo así.

Me duele porque lo veo aislado, fuera de contacto... como en otro mundo.

Me habían dicho que era cuestión de tiempo y de su propia maduración. Que se le pasaría, pero veo que las cosas se complican, el tiempo pasa, él crece y las cosas no mejoran.

Verlo así, metido en su ambiente, en esa atmósfera de ruido, "su ruido" y verlo tan desconectado de mí y de todo. No creo que sea bueno.

Todos los días son iguales:

Amanece... y él en su mundo.

Atardece... y él en su mundo.

Anochece... y él en su mundo.

Me he puesto a pensar qué vivirá en su cabecita, pero incluso cuando lo sorprendo en su "espacio", me quedo observándolo tratando de desentrañar lo que vive... si vive algo o realmente sólo está desconectado.

Sufro más por estar divorciado de mi esposa, ya que por problemas que no supimos superar, me encuentro ahora no con una familia integrada, como siempre esperé tener.

No sé si es correcta la interpretación, pero me parece que desde que empezaron los problemas y discusiones mías con su madre, él también comenzó a aislarse.

Recuerdo que cuando las expresiones de malestar, luego de enojo y más tarde de ira de la mamá, él iba paulatinamente hundiéndose en su "manía". Tengo presente su expresión de malestar: sus manos que se iban a ambos lados de la cabeza como tapándose los oídos para no escuchar y de repente, luego de unos momentos se le notaba tranquilo, plácido, hasta feliz, cuando quizás entraba a "su" dimensión desconocida. Sus ojos se mostraban fijos, a veces extraviados, pero sin el brillo de una persona normal.

Por mi parte procuraba que mi ex esposa se calmara, porque el joven estaba presente, pero se debe entender que, en un momento de ofuscación, como cuando los casados discuten, es casi imposible controlarse y al final, como que hay que convivir con eso.

Luego de esa etapa de las discusiones empecé a observar más a menudo la conducta en mi hijo. Incluso me recomendaron que lo viera un sicólogo, pero no sirvió de mucho, ya que el profesional, me dijo que, considerando la separación y la relación tan turbulenta con la mamá, siempre era usual este tipo de reacciones. Además, me dijo que también debía considerar que el muchacho ya tenía quince años y es una edad donde se vuelven así.

Esto a mí, me pareció muy extraño porque yo de joven nunca fui de esa manera, aunque también vengo de padres separados. Pero era momento de evaluarlo, porque un sicólogo debe saber.

En los días que me tocaba ver a mi hijo, ya que él vivía con la mamá, la escena era por demás molesta. Llegaba a recogerlo y desde que se subía al auto. Bajaba la cabeza, como buscando aislarse, se cubría los oídos momentáneamente y luego esbozando una sonrisa simple, parecía que todo volvía a la normalidad... la normalidad de él.

Para mí, ya que lo miraba cada dos semanas tenía tanto de qué hablar y mil cosas que preguntar. Así que, aunque le hablaba de tantos temas, las respuestas –si se puede llamar respuestas- eran como sonidos monosilábicos y repetitivos:

- ¿Y cómo has estado hijo?

- Mmmm

- ¿Y el colegio?

- Mmmm

Me parecía que yo hablaba conmigo mismo.

Luego llegó otra recomendación, que según me decían era la mejor: la iglesia.

Un amigo me recomendó que, en estos casos, como de todo lo de la juventud de hoy en día, no hay como Jesucristo para resolver los problemas.

En el trabajo preguntaba a otros padres como vivían su experiencia, ya que los hijos de ellos también se aislaban de esa manera. Luego de escuchar, casi concluía que quizás la conclusión del sicólogo era válida, porque los matrimonios con problemas generan jóvenes con ciertas conductas de aislamiento social.

Aunque el tiempo libre no era el recurso más disponible para mí, decidí apoyar al muchacho lográndolo convencer para que entráramos a un movimiento cristiano que un amigo me había recomendado. Este movimiento evangélico contaba con muchos jóvenes que harían que él se pudiera adaptar mejor.

Vinieron entonces las tardes de alabanza, los sábados de sanidad, lo domingos de bendición, pero mi hijo seguía con su mismo ritual: en el templo al comenzar el pastor, él se encorvaba, metía su cabeza en su pecho, levantaba sus manos hacia sus oídos y luego mágicamente su rostro se iluminaba, sus labios mostraban una sonrisa placentera, mientras él se conectaba con su "espacio".

Ya en muchas oportunidades, los hermanos del ministerio de acomodación, "Guardianes de la Fe" -se llamaban-, me habían amonestado respecto a la conducta juguetona, desinteresada y para muchos de ellos irrespetuosa hacia la prédica por parte del muchacho. Traté infructuosamente de justificar que precisamente por eso había llegado a la iglesia, para ayudar a mi hijo, pero para los hermanos esa conducta no era lo que yo manifestada, sino más bien una tolerancia irreflexiva y un trato en extremo permisivo que ya rayaba en el libertinaje, según un hermano que daba asesoría espiritual en la iglesia.

Se me dijo que debía llevarlo al pastor de jóvenes para una evaluación y poder conocer si el muchacho presentaba algún daño neuronal o simplemente el problema era total irresponsabilidad de mi parte.

Las citas comenzaron.

Llegábamos muy temprano a las reuniones, donde yo desde la sala de espera de la oficina del pastor escuchaba atentamente las "terapias".

- Pero Edgardo que no te das cuenta que sos un hijo de Dios –increpaba el religioso-

- Sí, pero...

- Dios no quiere que te aísles, sino que estés en gracia con él, pero a ti ya te veo más cerca del maligno, que en victoria.

- Es que...

Y entonces la conversación se hacía un monólogo entre la espiritualidad y palabras sueltas que no llegaban a ningún lado.

Mi ex esposa no estaba muy de acuerdo con lo que yo hacía porque afirmaba que el pastor con su fanatismo estaba confundiendo más a Edgar -como le decimos- y es que, en vez de ayudarlo, posiblemente lo enfermaran más.

Lo cierto es que ella nunca estuvo de acuerdo en este tipo de ayuda, ya que por su convicciones religiosas no muy firmes o mejor dicho equivocadas, nunca veía a la iglesia como un lugar para visitar y menos para buscar ayuda con los problemas. De hecho, este era uno de los motivos de nuestras discusiones y hasta quizás el motivo de nuestro divorcio.

Cada vez que yo me encontraba en la sala de espera del religioso, recibía la llamada de la tarde, de mi ex esposa, objetándome el por qué llevaba a nuestro hijo allí; que si yo sabía lo que estaban haciendo con él; que, si el muchacho estaba siendo obligado o no y bla, bla, bla.

Varias semanas pasaron y finalmente el pastor dijo que necesitaba hablar conmigo.

Llegamos a las consultorías y al pretender pasar con mi hijo a la oficina, el líder espiritual me dijo que dejara al muchacho en la sala de espera, porque la plática debía ser exclusivamente conmigo.

Al levantarme de mi asiento y caminar hacia la oficina vi a mi hijo hundirse en su butaca, llevarse las manos a sus oídos, meter su cabeza entre sus hombros y finalmente dejar lucir esa mueca, especie de sonrisa que solía mostrar cuando se "iba".

Sentí otra vez esa sensación de tristeza, de lástima, por no poder hacer nada por mi hijo y sacarlo de ese estado. Lo único reconfortante -si se acepta el término- es que no parecía triste o incomodo. Creo que se encontraba en un placentero "estado de nulidad" (como lo definió el sicólogo). ¡Nulidad de su entorno, nulidad de sus obligaciones y responsabilidades, nulidad de los que lo queremos!

Volví la vista para la oficina del religioso que ya estaba esperándome en el dintel de la puerta. No lucía muy afable y para nada satisfecho de las pruebas que había practicado.

- Buenas tardes pastor.

Entré y el asesor sentándose, giró la vista hacia la pared de cristal que estaba a su lado y viendo por un largo momento hacia mi hijo que aún estaba escondido entre sus hombros, regresó con una expresión de derrota.

- Buenas pastor –dije nuevamente para suavizar el ambiente-

- Dios bendiga siervo - me contestó, recomponiéndose

- ¿Y qué ha pasado pastor, qué noticias hay?

Mi expresión debe haberse oído un tanto preocupada, porque el pastor cambiando su rostro mostrando fracaso, me manifestó:

- ¿Ante todo siervo, tenemos que reconocer que Dios es maravilloso y todo lo que viene de Él, es bueno?

- Sí -dije con una falsa fe-

- Bueno –continuó el líder religioso-, pero hay momentos que el creador nos envía pruebas, que para el mundo pueden significar una complicación, un castigo o una maldición. Pero nosotros que ya conocemos el amor del padre y que sabemos que su proyecto divino es lo mejor para todos, debemos aceptar sumisamente su santa voluntad.

- ¡Pero pastor! –le interrumpí- ¿Es que acaso Edgar está muy enfermo?

Pero él continuaba su explicación de fe.

- Siervo, hay cosas que en nuestra mente reducida y contaminada por las cosas del mundo no caben ni encuentran explicación y

es allí, cuando sólo el amor de Cristo nos puede dar la paz en el corazón que necesitamos en los momentos de tribulación.

- ¿Pero pastor?

- Sí siervo, sé que te es difícil entender. Pero con la ayuda de Dios se puede.

- ¿Y que tiene el joven?

El guía espiritual se acomodó en su sillón y tomando ahora una expresión de profesional del área médica, continuó:

- Como tú sabes yo soy siquiatra y aunque no mucho me agrada referirme a esta profesión, ya que para mí no hay mejor sicólogo o terapeuta que Jesucristo, debo confesar que en mis asesorías espirituales me es de mucha utilidad. Vieras los problemas que se ven aquí.

Se arregló entonces el nudo de la corbata y aclarando su voz a manera de presentación, dijo:

- Lo que tiene Edgardo, si bien no es muy común, curiosamente lo he observado en varios muchachos en la iglesia y al igual que le he dicho a otros padres te lo recomiendo a ti. La solución es siempre Dios y el único medicamento que necesitamos para todos los problemas de la vida. ¿Lo cierto es que tú y el joven tienen poco tiempo de asistir al templo, ¿verdad?

- Bueno, sí, –manifesté tratando de encontrar una explicación a lo que el pastor decía-

- ¡Quizás es muy pronto poder concluir algo con el joven, entonces!

De pronto una campana interrumpió el diagnóstico.

- Permíteme siervo.

- Sí Pastor, no hay problema.

- Aló, ¿qué pasó hermano?

Aproveché para volver la mirada hacia la división de vidrio y queriendo desentrañar qué le pasaba a mi hijo, pude verlo, encorvado y huyendo del mundo.

- ¿Pero hermano y cuánto lleva ya?

Debido a lo exaltado que escuché al líder no pude evitar salir de mi estado de observación y regresar con él. Se quitó los lentes apresuradamente y los tiró en el escritorio, con visible malestar.

- ¿Cómo que el diezmo no salió? Eso no puede ser así hermano, ya hablamos de eso. ¡Tenemos obligaciones!

Pausa.

- ¡Sí, usted sólo dice que tenga paciencia, pero al parecer yo soy el único que me preocupo de los gastos! No hermano, mire como hace, pero de que sale, sale. Bendiciones hermano.

El líder lucía muy acalorado ahora y siendo de piel muy blanca, el rojo era el color que predominaba en su rostro.

Se fue calmando, tomo un sorbo de agua y volvió conmigo.

- En que estábamos...

- Usted decía...

- Sí, como te mencionaba. Dios sabe cómo lleva nuestras vidas y él sabe que es lo mejor. Pero también debemos hacer nuestra parte, Dios debe saber que para ti es importante y sólo lo sabrá mediante tus acciones.

- Bueno pastor, ¿pero ¿qué ha hallado en el muchacho? No entiendo qué tiene. Quiero saber...

- Bueno siervo como te decía, siendo siquiatra, le he realizado varias pruebas y los resultados son los siguientes: en Interacción social es cinco, contacto visual o físico tres, estereotipias muy marcadas, pésimo control emocional y poco desarrollo del lenguaje.

- ¡Pero, y eso que significa!

- Bueno, no puedo ser concluyente, pero si querés una descripción médica de la enfermedad se puede definir.

Tomo un libro grueso del estante tras de él, lo abrió sobre el escritorio y buscando ávidamente, llego hasta una página, mientras murmuraba, quizás lo que buscaba. Pasado un breve instante, reconoció que tenía dificultades para leer, por ello, alcanzó los lentes que había tirado en el escritorio y acomodándoselos puso su dedo sobre un renglón, fijando la vista en un apartado del libro.

- ¡Aquí esta! Bueno la descripción de los síntomas de tu hijo es...

Se ajustó nuevamente la corbata, aclaró su voz y leyó en tono parsimonioso: "Muestran dificultad para relacionarse con otros jóvenes, poco o nulo contacto visual, evitan el contacto físico, no responden al ser llamados por su nombre, no tienen muy desarrollado el lenguaje y si lo tienen, muestra alteraciones, presentan estereotipias, movimientos repetitivos, -aclaró-. Poca tolerancia a la frustración, risas o llantos sin motivo aparente".

- ¿Pero Pastor y eso qué es?

- Edgardo padece de Autismo.

- ¿Pero eso no es una enfermedad mental muy seria?

- Bueno toda enfermedad es seria y las mentales son peores. Pero como te digo, es importante que podás ver la mano de Dios en esto, y ante todo, reconocer que él lo va a sanar. Si pudo hacer caminar a los inválidos, si pudo hacer que los ciegos vieran y los mudos hablaran, no va a dejar al joven allí.

- Sí, pero...

- ¡Tenés que tener fe!

- Es que...

- Nada de peros. Acordáte que el Señor es maravilloso y en cuanto a gracia es muy generoso y las bendiciones no pararán de llegar. ¡Pero tú tienes de hacer lo tuyo!

- Es que yo lo estoy haciendo. Fíjese que desde que me divorcié, soy yo quién estoy pendiente de mi hijo. Mi esposa... mi ex esposa...

- ¡Si yo no te hablo de eso! Las mujeres, hoy están, mañana no; y más en este tiempo se han vuelto locas. Se ve que el maligno las domina... la historia de Eva y la culebra se vuelve a repetir

El guía se puso en pie, con la vista al frente y sus brazos como cuando estaba en la prédica, hizo una pausa y comenzó la arenga con los debidos altibajos de la alocución, disfrutando cada palabra que mencionaba.

- Por eso sólo Jesús es nuestro abrigo y quien nunca nos falla, ya lo dice la palabra: Jehová es mi pastor; nada me faltará. En lugares de delicados pastos me hará descansar; junto a aguas de reposo me pastoreará. Restaurará mi alma; me guiará por sendas de justicia por amor de su nombre. Aunque ande en valle de sombra de muerte, no temeré mal alguno; porque tú estarás conmigo; tu vara y tu cayado me infundirán aliento.

A mí, me venían mil dudas respecto al diagnóstico y observando a mi hijo en la sala de espera, me llegaban otras preguntas, que entre dientes y a la distancia, se las hacia al muchacho desde mi asiento en la oficina: ¿Tan mal estás hijo?, ¿Podrás mejorar?, para ver por último como Edgar levantaba su carita y mirándome me sonreía, como diciéndome: ¡Estoy bien papá! ¡Todos se equivocan!

El pastor rompía mi contacto, volviéndose a sentar.

- Siervo, yo sé que te cuesta aceptar lo que te digo, pero es que los designios de Dios, no son fáciles de comprender.

- Pero pastor, ¿no habrá un error?

- Pero si en la prueba más simpe la del vocabulario, es notorio las deficiencias.

- ¿Qué pasó?

- Ya viste que tiene una pobreza del lenguaje que a todo le llama de la misma manera. No importa de lo que hable, para él todo es "cosito".

Me pareció extraño, pero con las dificultades de comunicación que experimentaba con el muchacho, nunca había podido apreciar esa situación.

- ¿Y qué debo hacer hermano?

- Como te dije. Primero que nada, doblar rodilla y pedirle al creador por la sanidad del joven y por supuesto cumplirle al señor.

- ¿Y eso?

- Venir al templo, servir en los ministerios y por supuesto diezmar. ¿Cómo estas con esto?

- Bueno es que, por el trabajo, casi sólo vengo a un culto...

- ¿Y el diezmo?

- Es que con el divorcio la mamá del muchacho, me ha dejado bien fregado. Casi nada me queda.

- No digás eso, que Dios siempre provee. Por ello es que el niño no se cura, porque tú no le estas sirviendo al Señor como debes. Dejá de estar con miserias y no olvidés que Dios no se queda con nada y te lo devolverá con creces. Recordá que lo que tenés el Señor te lo ha dado, así que dejá de estar con lástimas. ¡Para el señor todo!

El religioso se levantó indicando que la consultoría había terminado. Nos dimos la mano y salí de la oficina más confundido que con esperanza.

El joven estaba nuevamente en su mundo, Tuve que jalonearlo para hacerle saber que yo ya había salido y estaba listo para retirarnos.

Salí de allí con muchas ideas dando vueltas por mi mente, buscando mil respuestas a la plática con el religioso y ante todo con el anhelo de encontrar la sanidad para mi hijo.

Decidí ir a tomar un café con el muchacho y tratar en última estancia de procurar conversar con él. Me decía para mis adentros ¿autismo?, ¡No!

Llegamos a la cafetería y otra vez empezó el monólogo,

- ¿Como te sentís?

- …

- ¿Te gusta el colegio?

- …

- ¿Querés un café helado o caliente?

- ...

Estaba empezando a molestarme, cuando de pronto apareció un amigo de estudios que hace muchos años no veía y pareció que Dios lo había enviado.

- Hola Milton, ¿qué es de esa vida?

- Allí con este cipote que lo tengo en tratamiento.

- Vaya chócala entonces. Yo igual estoy con mi hija. Del sicólogo vengo.

Mi amigo se sentó acompañado de su hija que inmediatamente hizo que mi hijo se recompusiera y "volviera". Qué extraño pensé.

- ¿Y qué le pasa al muchacho?

No hallaba qué decir. No sonaría muy bien decir que mi hijo era casi un demente... quizás hasta peligroso.

- Ehh. Este...

Sentí que el tiempo transcurrido fue un siglo y es que no hallaba qué decir. Hasta que al fin mi amigo decidió continuar. Respiré tranquilo.

- Pues a mí, con esta bicha que no quiere estudiar. Pasa oyendo música todo el día y no quiere hacer nada en la casa.

Con razón este quiere hablar, pensé. Lo de ella no es tan grave.

Repentinamente recordé de Edgar. ¿Y si le hablan? ¿y si hace algo embarazoso?

Volví la vista frenéticamente hacia mi hijo, queriendo sacarlo de allí y evitar una verguenza. Se que se oye feo, pero también pensaba en lo que podrían pensar de él. Pasados unos segundos, que percibí como siglos, vi con sorpresa a los dos jóvenes conversando plácida y tranquilamente. ¡Como las dos personas más normales del mundo!

Mi amigo seguía hablando de las terapias, de cómo su hija hablaba en clase, como era de desordenada y como no hacía tareas, mientras yo lo escuchaba como un eco y en la distancia, porque estaba extrañado de ver a mi hijo comportarse así... "tan normal".

Regresé con mi amigo y decidí averiguar.

- ¿Y a vos no te cuesta hablar con ella? ¿No se aísla?

Mi amigo sonrió y volviendo a ver a los jóvenes, mientras sonreía, como luego de haber encontrado una solución a un gran problema, me dijo:

- ¡Sí, ese era un gran problema!

- ¿Era?, -dije queriendo saber cuál sería la solución de todos mis males-.

- Bueno mirá los jóvenes viven en otro mundo. "En su mundo"

- Puesí, pero…

- Sí te entiendo. Me imagino que te incomoda como cada vez que quieres hablar con él. Se encorva, se tapa los oídos y te quedas hablando solo.

- ¡Sí, cabal!

- Pues a mí me costó descubrirlo porque Roxana al principio se comportaba así, como el tuyo, pero cuando empecé a enojarme y hasta le gritaba para llamar su atención logré que me volviera a ver. Pude ver que su mirada lucía extraviada, aunque me miraba, ella estaba en otra parte.

Yo me mantenía atento y ávido de conocer cuál sería la respuesta al problema mental de mi hijo y como este amigo ahora hasta se reía de algo tan serio y delicado. Según lo escuchaba, parecía ser una solución de lo más fácil, aunque eso de gritarle, cuando el niño está tan enfermo, no me parecía lo más saludable.

Observé nuevamente a mi hijo quién se

mantenía platicando con la muchacha de lo más cómodo y tranquilo.

Seguía mi amigo.

- ... lo que más extraño me resultaba era que se agachaba y se tapaba los oídos.

- Sí -asentí- eso es lo más extraño. ¿Pero eso lo descubriste por algún sicólogo o cómo?

- ¿Sicólogo? ¡Te dicen cada cosa!

- El mío lo está viendo un pastor de la iglesia...

Mi amigo me calló de golpe.

- ¡Ya no perdás el tiempo!

- ¡Pero es que él es siquiatra! ¡Me dijo que Edgar es autista!

- ¡Qué autista va a ser! ¡Míralo ahora, ya lo habías visto así!

- Sí, la verdad es que es extraño.

- ¿Entonces y tu hija ya está bien?

- Bueno, no del todo. Todavía tengo que trabajar algunas cosas con ella. La dedicación... la responsabilidad...

- ¿Eso? Yo tengo problemas más graves... hasta lo del "cosito".

- ¡Ah!, "cosito". Si eso va a estar difícil. Más que con la pobreza del lenguaje que estos cipotes manejan, para ellos es mejor lo más fácil: no esforzarse...que casi no tengan que pensar. Eso del "cosito" es una degeneración del lenguaje que ya no llegó a "cosa" y se ha vuelto una moda en lo jóvenes de hoy. Igual que ha sido "volado" para nosotros y fue "chunche" para otras generaciones.

Sentí que el amigo estaba llevando la cosa por otro lado, que no era el médicamente recomendado.

- Pero y lo demás, ese aislamiento que tienen... que no te escuchan... que siempre están en su mundo...

- Esa es una cosa de los jóvenes, quizás de la barrera generacional.

- ¿Y lo de encorvarse, y taparse los oídos, que supones que es?

- Eso ha sido lo más difícil de controlar y más que uno lo genera.

- ¿El qué?

- Lo descubrí cuando continuamente mi hija tenía esa conducta, que para mí era de irrespeto. Decidí entonces, cansado de ello, tomarla de las manos y descubrí la razón.

Estaba desesperado por encontrar la solución

con mi hijo, así que grité, haciendo que todos en la cafetería volvieran a ver hacia nuestra mesa.

- ¿Qué era?

- ¡La música! – contesto mi amigo-

- ¿La qué?

- La música. Estos cipotes de hoy la escuchan a toda hora y en todo lugar y cuando se llevan las manos a los oídos se apartan de todo.

- ¿Pero eso qué tiene que ver?

- Que cuando se llevan las manos a los oídos lo que están haciendo es ponerse los audífonos...para ir a su mundo.

Miré a mi hijo y a la hija de mi amigo y no paraban de reírse.

(2012)

BONUS

LA LOCA

- ¿Y Arturo?   - interrogó el anciano a su mujer.

- No ha bajado todavía.

Ella le servía el desayuno.

- ¿Qué le pasa?

- Aquí viene ya.

Arturo bajó corriendo las escaleras con sus diecinueve años encima. Siendo hijo único, ahora trabajaba para sufragar los gastos de la casa.

- Buenos días.

- Buenos días hijo. ¿Vas a desayunar?

- No mamá, se me hace tarde para el trabajo. Hasta luego.

- Debías comer algo -le dijo su padre mientras tomaba café.

- Ya no tengo tiempo.

Arturo había dejado de estudiar cuando su padre le había comenzado sus problemas de salud, teniendo desde entonces que trabajar para sostener el hogar; ya que la pensión no era suficiente.

- Me siento culpable del sacrificio de Arturo.

- No Miguel, no tenés por qué sentirte así. Él ya es todo un hombre y aunque vos pudieras seguir trabajando, ya estás demasiado cansado.

El viejo expandió el pecho y mostrando sus escasos músculos dijo:

- ¿Cansado yo?, pero si estoy como un toro.

- Vamos Miguel, ya vas con tus bromas.

Nuevamente volvió la expresión de culpa a la cara del anciano.

- Bueno, la verdad Sara, es que sus amigos se divierten, mientras que Arturo trabaja y trabaja; ya viste, hoy ni desayunó, y todo por nosotros.

Siempre era así, día tras día, el hombre vivía recordando su culpabilidad. Ese día no fue la excepción.

— ·· — ·· — ·· — ·· — ·· — ··

Los dos ancianos habían conversado nostálgicamente del pasado hasta que arribó la noche. Iban a cenar cuando la mujer rompió el silencio;

- Ojalá que Arturo no venga muy noche,

empieza a tronar y no se llevó el paraguas.

Él se había quedado pensativo, luego dijo:

- Mirá Sara, ¿quién es la muchacha que te saludó ayer en la iglesia?

La anciana descansó el tenedor en la orilla del plato, tomó una servilleta para secarse los labios y luego tomó un tiempo, tratando de recordar:

- ¡Ah!, es Julita, la pobre siempre preguntándome por Arturo...

—··—··—··—··—··—··—···

Arturo terminó de cerrar la puerta, dejando a sus padres en casa, mientras él se dirigía a iniciar otro día de labores. Se encaminó a la parada de buses. La mañana era muy fresca, la noche anterior había llovido copiosamente y las calles estaban cubiertas de lodo. Le disgustaban estos días, en cierta manera, ya que por más que cuidaba su presentación, no podía evitar llevar salpicaduras. Abordó el bus y tomó asiento dejando a su pensamiento ahondar en su preocupación.

La lluvia volvía a caer.

Arturo cavilaba.

"Los viejos, pobres viejos... se preocupan demasiado... quisiera darles algo mejor, pero con este trabajo... bueno, al menos puedo darles algo. Gracias a Dios logré que don Saúl me diera el trabajo... antes todo iba bien, yo estudiando en la universidad y el viejo trabajando, hasta que llegó ese día... estaba en clase cuando me llamaron.

"- Arturo, te llaman por teléfono.

"- Gracias.

"Me dirigí al teléfono sin suponer nada.

"- ¿Aló?

"Una voz desconocida me contestó.

"- ¿Arturo? -La voz parecía excitada-

"- Él habla.

"- De la oficina de correos, vení inmediatamente, tu papá ha sufrido un ataque cardíaco...

"Salí corriendo de la universidad. Mientras iba en el taxi deseando que éste volara, las últimas palabras del interlocutor aún repicaban en mi mente: ¡tu padre ha sufrido un ataque cardíaco! No lo podía creer, esa mañana cuando desayunábamos, lo había visto tan saludable. Era increíble...

Al llegar a la oficina ya el viejo estaba repuesto. Descansaba sobre un sofá y hablé un poco con él, después fui a llamar a mi mamá para explicarle todo, y luego el golpe de gracia: don Saúl me llamó a su despacho. Al llegar, el rechoncho jefe fumaba plácidamente en su mullido sillón.

Me miró con afabilidad y me invitó a sentar.

"- Mirá Arturo, bien sabés que conozco a tu padre desde hace muchos años y que soy gran amigo de la familia, pero...

"Parecía tratar de decirme algo y no me explicaba qué podría ser.

"- Dejame ahora hablarte como el amigo y el jefe de tu padre; él se encuentra muy mal de salud, con este son dos ataques que padece. Sí, comprendo. No lo sabías. Tu padre me hizo prometer que no se los diría, ni a ustedes, ni a la gente aquí, pero las cosas han empeorado: su vista no está nada bien y además padece desmayos repentinos. Lo que yo quería decirte es que... bueno, vos me entendés, antes que nada, la salud de Miguel. Este ambiente no le favorece. Yo creo que lo mejor sería que ya no trabaje.

"- ¿Cómo? ¿Y de qué vamos a vivir?

"- No te preocupés por eso, con los años que lleva Miguel trabajando acá, no tendrá problema para recibir una buena pensión.

"Vivimos por un tiempo con la reducida pensión, pero luego todo empeoró, tuve que

163

dejar la universidad y trabajar... menos mal que conseguí trabajo. El mismo del viejo."

El bus había recorrido bastante. Arturo se puso en pie, tiró del timbre y se encaminó a la puerta trasera. Al bajarse, la llovizna que bañaba tímidamente cuando subió, decidió ahora arreciar.

———··———··———··———··———··———···

- Mirá Sara, ¿quién es la muchacha que te saludo ayer en la iglesia?

- ¡Ah!, es Julita, la pobre siempre preguntándome por Arturo, pero él ya sabés como es.

La anciana puso la servilleta a un lado del plato y tomó de nuevo el tenedor. Continuó cenando. Su esposo dijo con expresión fraguadora:

- Yo creo que podríamos invitar a Julita a venir a la casa y así ellos podrían platicar, ¿no crees?

Él, entonces levantó la vista hacia el techo. Se había quedado pensativo. Por fin agregó:

- Sara, he estado pensando que bien podríamos hacer un préstamo para poner un pequeño negocito aquí en la casa.

Su mujer lo observaba mientras él, haciendo

ademanes, explicaba cómo acondicionarían todo: el mostrador por aquí, los estantes allá... ella, por su parte, se iba adentrando en lo profundo de su memoria...

—··—··—··—··—··—···

"El teléfono había sonado.

"- Buenas tardes.

"- ¿Mamá?

"- Sí hijo - le extrañó que le llamara ya que supuestamente a esa hora estaba en clase.

"- Papá se ha puesto mal.

"En ese momento sintió una corriente nerviosa recorrerle la espalda; apenas pudo articular...

"- ¿Cómo?, ¿Qué tiene?

"- Ya le pasó. Ahora se encuentra bien.

"- Pero por Dios Arturo, ¿qué sucede?

"- El corazón... un ataque al corazón.

"No podía creerlo, por años Miguel disfrutaba de buena salud, no padecía ni dolencias, ni gripes, nada; pero ahora un ataque... un ataque... trató de averiguar más.

"- ¿Cómo fue, Arturo?

"- Me llamaron a la universidad. Cuando llegué ya lo encontré reposando, hablé con él y se encuentra bien. Ahora tengo que ir a hablar con don Saúl. Adiós mamá.

"Colgó. Quedó completamente impactada. Su esposo esa mañana se había sentido muy saludable. Hasta hizo un poco de ejercicio."

— ··— ··— ··— ··— ··— ··— ···

- Por fin a casita

Arturo terminaba otro día de labores y se dirigía a tomar el bus. La parada, como siempre, se encontraba llena de gente. Seguía lloviendo y los buses no se detenían. Arturo esperó hasta que después de una hora pudo subir a uno. Eran las ocho de la noche. Su mente comenzó a trabajar: "Los viejos ya han de estar preocupados, pero es que el trabajo nunca termina... y eso de estar clasificando la correspondencia, sí lleva tiempo".

El autobús recorría las calles bañadas por la lluvia. Las calles se encontraban ahora ya vacías.

La parada de Arturo pronto apareció y la lluvia parecía sólo estar esperando que Arturo bajara para demostrar todo su poder. Las demás personas permanecieron un tiempo albergadas y luego decidieron irse bajo la lluvia.

La lluvia embraveció.

Llovía, llovía.

Arturo quedó solitario excepto por dos hombres cubiertos por capas que se apretaban contra el fondo del cobertizo. El aire estaba cargado de un olor peculiar...

"- Te digo que no quiero.

"- Hey Arturo, no me digás que ahora vas a estar de cursi.

"Mauricio seguía ofreciéndome la mariguana, aun cuando siempre la rechazaba.

"- Sólo un jalón Arturo y vas a ver como entrás al paraíso desconocido.

"Ya habíamos ido varias veces a la finca de don Mauricio a comer naranjas. Entrábamos por el alambrado y después todo quedaba intacto. En la finca siempre era la misma lucha: Mauricio ofreciendo y yo rechazando; por fin él desistía y acababa con 'la brasa mágica de poderes paradisíacos', como Mauricio la llamaba."

En la parada de buses, esperando que la lluvia cediera, el olor característico de la "brasa mágica", inundaba el aire. Arturo miró a los dos hombres cubiertos por capas y exhalando bocanadas de humo, uno de ellos le increpó:

- ¿Y vos qué te pasa, que nunca has visto fumar monte?

Arturo no dijo nada. Bajó la vista y se volvió. Una mano lo tomo por la espalda y lo llevó contra la pared.

- ¿Que no oís que te estoy hablando?

- Disculpame, no quise molestarlos.

La cara del que lo jaló se mostró: era moreno, con barba y aliento fuerte, sin duda también había tomado. Asía fuertemente a Arturo por el cuello.

La tormenta continuaba.

- Dejame ir y ya no los molesto.

El de barba dejó escapar una risotada burlona, que repicando se perdió en el martilleo de la lluvia.

- No es tan chiche, niño.

El otro se decidió a hablar:

- Hey Mario, dejálo ir.

El de barba lo miró iracundo.

- Vos te callas el hocico, oís.

Apretó más el cuello de Arturo y le increpó:

- A ver si sos machito.

Una navaja brilló en la oscuridad. La hoja se fue acercando sigilosamente a la cara de Arturo. Su rostro se bañaba en sudor y el barbudo reía:

- Mirá, se ha puesto helado. ¿Qué pasó con el valiente?

- Calmate Mario, haceme caso.

Pero el agresivo no le ponía atención, El otro compinche tomó entonces la mano que sujetaba el cuello de Arturo y quiso jalarla, pero aquel, la soltó para golpearlo. Arturo vio la oportunidad de escapar, pero al hacerlo la navaja que descansaba entonces en su abdomen, se fue a ensartar en él. Los dos hombres se apartaron y con un gemido que rebotó por el aire, cayó el cuerpo de Arturo. La punta del arma asomaba tras la espalda.

- Vámonos Mario - gritó el histérico.

El barbado se inclinó y le dio vuelta al cuerpo; introdujo los dedos en el agujero de la herida, que se había tragado hasta el mango del arma y trabajosamente la sacó, mientras Arturo se contorsionaba dolorosamente. Los dos hombres hurgaron rápidamente en los bolsillos del herido y huyeron.

El cuerpo de Arturo quedó recibiendo la tormenta, llevándose los ríos escarlatas que también se llevaban su vida.

—··—··—·—··—·—·—··—···

La vida de los ancianos iba de mal en peor. La reducida pensión apenas bastaba para los gastos. La alegría, después de dos años de la muerte de Arturo, aún no visitaba la melancólica casa. Todo era tristeza y silencio. Los días pasaban monótonos de principio a fin: el viejo todas las tardes leyendo la Biblia en el amplio jardín y su mujer tejiendo a su lado. Todos los días la misma rutina.

- Miguel

El hombre levantó la vista hacia su mujer, dejando un dedo sobre la línea que leía.

- ¿Sí?

Ella miraba en derredor, observando la amplitud de la casa.

- Estaba pensando que... bueno... ya que estamos tan mal de dinero y la casa es tan grande... ¿no crees que bien podríamos alquilar una parte?

- ¡Nunca!

Su mujer lo tomó de la mano.

- Pero Miguel...

Él fue terminante.

- No. En esta casa se crio Arturo y cada lugar le pertenece. No. Tenemos que seguir como él nos dejó: solos y recordando el pasado.

La anciana entonces, cambiaba de tema para calmar el ambiente.

- ¿No querés café Miguel?

El viejo con la cabeza baja y los ojos sobre la Biblia no contestó, como siempre, pensando en Arturo. La mujer se levantó para traer el café, puso el tejido que trabajaba sobre el asiento y se dirigió a su esposo.

- No te pongás así Miguel, si Arturo ya no está con nosotros, es porque Dios nos lo quitó, pero él nos está mirando desde allá arriba. ¡Era un santo!

El anciano se mantuvo en silencio. Ella comenzó a caminar. Se dirigió a la cocina mientras pensaba que nunca lograría infundirle resignación a su esposo; ya que ni ella misma lograba resignarse. Preparó todo y al regresar al patio el eco de su asustada voz se perdió.

- ¡Miguel! ¡Miguel!

La bandeja con las tazas cayó de sus manos estrellándose contra el suelo. La silla del anciano estaba vacía y él yacía en el suelo, inerte.

———··—··—··—··—··—··—···

El tiempo pasaba y la vida de la anciana no mejoraba. Ahora sin familia, la muerte le asolaba; estuvo hospitalizada, cuando al andar divagando en el recuerdo de sus seres queridos rodó por las escaleras, yendo a caer inconsciente y con la muñeca y la pierna fracturada. En otra oportunidad, al no poder conciliar el sueño se intoxicó al emplear el medicamento inadecuado. Pero a pesar de todas las recomendaciones que la gente le hacía, para conseguir alguien que le ayudara y no estuviera sola; su respuesta era siempre la misma: "esta casa es de mi esposo y de mi hijo y nadie va a entrar a perturbar su sueño sagrado."

Seguía la misma rutina.

Desayunaba y salía al parque. Se sentaba y comenzaba a vagar en la selva de sus pensamientos...

"- Ay mamá, ya, descanse un ratito. Yo voy a preparar la cena.

"- No hijo, mientras ésta vieja tenga fuerzas, yo voy a prepararlo todo, así que se me va a la mesa y se me sienta que ya le llevo la comida.

"- Pero viejita...

"- No hay pero que valga, vaya a sentarse."

De repente, alguien le cerraba la puerta de sus cavilaciones.

- Hola niña Sara, ¿qué tal?

La anciana, completamente abstraída como estaba, levantaba la cara extrañada.

- ¿Qué?

La señora del vestido rojo que se había plantado en frente, sonrió y se sentó a su lado.

- ¿Qué tal ha estado?

- Pues por ahí, ocupada con la familia

- ¿Y don Miguel y Arturito?

- Miguel ya lo conoce, siempre bromista y Arturo trabajando.

- Que tiempo de no verla, niña Sara, es que fíjese como me fui a los Estados Unidos. Viera qué bonito por allá. Todo es bien distinto, los edificios bien altos, altos. Viera cuanta cosa bonita hay por allá, fíjese que...

Pero Sara había tornado la vista al suelo y se encontraba nuevamente "pensando"

- Así que ya le digo niña Sara, debía ir a dar una vueltecita por allá, ¿no creé?

La anciana continuaba en su sueño.

- ¿No le gustaría niña Sara?

Por fin despertaba.

- ¿Cómo? ¿El qué?

- No, ¿le digo que si no le gustaría ir a los Estados Unidos?

- No sé, le voy decir a Miguel.

- Bueno, niña Sara, ya me voy, ya platicamos un ratito. Y ya no siga pensando mucho.

La señora del vestido rojo se iba y ella volvía a su "estado".

—··—··—··—··—··—···

Su salud seguía peor, se sentía enferma, muy enferma. Presentía su muerte.

- Entonces señora, déjeme ver si he comprendido bien. Usted quiere donar su casa al asilo de ancianos, para cuando fallezca. ¿Es así?

- Sí doctor Ruíz, siento que la vida se me está yendo y ya que mi casa es bastante grande, no quisiera que se desaprovechara, pudiendo ocuparla tanto viejito que la necesita.

El Dr. Ruíz, encargado del departamento jurídico del asilo, se acercó para apoyar los codos en el escritorio.

- ¿Y su familia, señora?

- Sólo mi esposo y mi hijo.

- Pero, ¿no están con usted?

- Comonó

- ¿En su casa?

- Claro

Al doctor, le iba pareciendo aquello cada vez más extraño.

- ¿Y cuándo fallezca, que va a ser de ellos?

El doctor esperaba la respuesta con ansia. La mujer hizo aparecer una sonrisa y él volvió a cuestionar.

- ¿Que va a ser de ellos, señora?

La respuesta llegó como un estallido.

- Me los voy a llevar conmigo.

El abogado, dejando todo por comprendido, tomó una hoja-formulario y se la acercó a ella.

- Bien, entonces firme aquí por favor.

Ella escribió sobre la línea.

—·‥—··—··—··—··—···

El abogado levantó el auricular del teléfono y apretó el botón.

- Señorita.

- Diga doctor.

- Mándeme al doctor Cañas.

Al momento la puerta se abrió y el doctor Cañas apareció tras ella. Tomó una silla y se dejó caer en ella, luego dijo:

- ¿Para qué me querés, Julio?

- Quiero que me autoricés novecientos mil dólares.

- ¿El qué?

- ¿Te acordás que andábamos buscando un terreno para cambiar el asilo?, pues ya lo tengo.

- ¿Quién te lo vendió?

- La verdad es que no me lo han vendido. Una pobre vieja lo ha donado para cuando muera, que vos ponés en el informe como que lo han vendido y ¡ya!

- ¿Cómo y ya? ¿Y qué tal si la vieja esa nos demanda?

- No te preocupés.

- Pero Julio, yo veo eso muy arriesgado.

- Vos ocupate de autorizar el pisto, que yo me ocupo del resto.

- ¿Y cuánto me va a tocar?

- Lo de siempre, el veinticinco por ciento.

- Bueno, trato hecho.

Los dos hombres se pusieron de pie, se estrecharon las manos y se despidieron complacidos de su suerte.

—··—··—··—··—··—··—···

- Al fin voy a poder ver a Miguel y Arturito, Daniel. ¿Te das cuenta?

- Vamos Clara, los trece meses que te he conocido en el asilo viejo no me has hablado más que de ellos, que ya murieron y hoy me salís con que ya los vas a ver. ¿No estarás viviéndote loca?

———··—··—··—··—··—·—···

La anciana era feliz de nuevo, desde que dejó el asilo viejo. Ahora se sentía más cerca de Miguel y Arturo. Ahora se encontraba en su casa, en la casa de los tres. Su vida era caminar por el jardín, cortando flores y hablando sola...

Una plática de un anciano resurgía en el jardín.

- ¿Nos echamos otra partidita de damas?

- No, ahora no tengo ganas.

- Mirá, ¿Y quién es aquella que está cortando flores? Siempre la veo hablando sola.

- Ah, no le hagás caso; es una pobre vieja, que jura que esta casa es suya y que el asilo se la robó. ¡Fíjate si no estará loca!

(1982)

YO SOLO EL BIEN DE ELLA QUERÍA

Cuánto tiempo ha pasado cerrado este cuarto. Creo que fue la abuela que ordenó que se mantuviera así, «por respeto a la Fina», decía. Todo está como el último día que entré aquí, excepto por la cama que ha sido reclinada a un rincón y por supuesto, no viste su ropaje. Todo cuanto hay aquí se cubre por una espesa capa de polvo. Sin embargo, sigue siendo la habitación más fresca de toda la casa, gracias al frondoso jardín que tenía a su lado. Vaya... tanto tiempo y todavía siento tan cerca la presencia de tía Fina.

«- ¿Quién es Ricardo?

«- Es el novio de tía Marta.

«- El qué...! Con razón ya hace días la miraba toda 'pizpireta'

«Era otra tarde que compartía con mis primos: Ricardo y William. Me había extrañado la presencia de un señor gordo y con cara de ebrio.

«- ¿Y desde cuándo viene? -pregunté a William.

«- Desde hace una semana.

«-Y que ondas vos, -continué- ya se besuquearon los dos.»

Tía Marta, "la enamorada", tendría unos cuarenta y cinco años en aquel entonces, pero no sé por qué para mí, siempre tuvo una imagen de señora "mayor", quizás porque yo apenas tenía doce años.

Recuerdo que el novio se miraba muy atento con ella. Era gordo, de bigote escaso, pelo envaselinado y peinado hacia atrás. Siempre lo vi con camisa blanca, manga larga y con un vistoso cincho ancho de gran hebilla.

La tía, tenía una susceptibilidad extrema hacia la apariencia. No permitía que nadie expresara algún comentario negativo sobre su ella, sin convertirse en un enemigo eterno. Era de complexión media, «ni tan tan, ni muy muy», como ella misma se describía y tenía dos peculiaridades que recuerdo de ella: los innumerables lunares que tapizaban su rostro, agregando una voluminosa verruga que "adornaba" un lado de su nariz y que siempre era descrita en sus propias palabras, con especial cariño, "es que estos lunares de bulto, no cualquiera los tiene. Son «virtú». Hasta en la Biblia dice que es seña de «qui'uno» es especial, así como una marca de «ser protegida de Dios».

Pero la característica singular que poseía, era la resistencia a la vejez. Siempre acostumbraba vestirse con colores vivos, combinados con grandes collares plásticos, al igual que brazaletes y aretes, con el propósito de llamar la atención. Lo curioso era que, si bien utilizaba toda clase de adornos, no me explico aún, cuál era la relación que encontraba para combinar tantos colores diferentes.

Quién poco la conocía, decía que era "una gran persona, siempre amable, siempre sonriente". Otros, sin embargo, tenían un concepto diferente.

«- ¡Ay! Niña Cande, viera "que'nferma" "he'stado". Si sólo "porqui'uno" es "juerte", se levanta. No porque viera, ¡no aguanto la rabadilla!, nomás me muevo "deste" lado y siento como que me hacen así, con un serrucho».

Pero generalmente sus pláticas eran otras. Me parece que guardaba un resentimiento en contra de su hermana.

«- Es que fíjese "qués" lo que lo que yo le digo. Vaya, "ta'gueno" que se halla metido con el hombre... ¡pero aguantarle tanto! ¡Ay Dios!, yo ni "que'stuviera" loca. Porque fíjese, lo que me duele «que's» mi hermana... Y yo tanto decirle, Fina...cuidate, ese hombre no te quiere, lo que busca es fregarte. Pero como a una no «li'hacen» caso, «a'istá» el resultado."

●- ‥ — ‥ — ‥ — ‥ — ‥ — ‥ — ●

Tía Fina era de las más calladas. Poco recuerdo de ella. Había tenido un novio de quién quedó embarazada. Era alta, morena y con una particular manera de vivir la vida: con mucha calma. Ahora viene a mi mente cuando la veía pasar...

«- Buenos días tía Fina.

«- Buenos días, hijo.»

Siempre pasaba con su andar lento y meditado.

«- ¿Mamá, me puede dar pisto para comprar pan?

«- No. No le dé mamá. Seguro que lo quiere para dárselo a Guayo."

Desde que la relación había comenzado entre Tía Fina y su novio Guayo. La del lunar «virtuoso» se había empecinado en perjudicarla.

«- No mamá. Es "que'cho" un poco de café y me lo quiero tomar con pan"

Mami, -como le decíamos a la abuela - era muy extraña. A veces parecía que meditaba todo cual hacía, pero en otras oportunidades, solía ser arbitraria e injusta.

«- Mirá Fina, si vas a seguir con ese hombre, mejor que te mantenga él, porque yo no "guastar" manteniendo locas.»

La incomprendida se iba a su cuarto a llorar.

«- ¡Finaaa... Finaaa... Finaaa... Mirá ve, todo el café se calló. ¡Como lo dejaste en el fuego y te fuiste, Finaaa... que no oís que 'testoy' hablando!

«- 'Comonó' Marta ya voy.

«- ¿Ve y vos porque "puercas" venís llorando? Sólo porque no vas a ver al hombre, ¡'nombe', no fregués! El bien feliz por allá con otras mujeres y vos aquí chillando."

La abuela, después de tantos gritos, aparecía en el dintel de la puerta.

«- ¿Qué pasa? ¿Y vos porque gritas Marta?

«- Es que fíjese mamá, ésta que pone el café al fuego y se va para adentro. Y para colmo, viene ahora chillando por Guayo.

«- No mamá. Es que yo...

«- Ah no Fina, si no hacés las cosas como te digo, vas a acabar mal. Y porque vas a llorar por un pelado-vividor como ese.

«- "Esués" lo que yo le digo mamá. Pero como a mí no me hace caso, hay que "vellaella".

«- No mamá, es que...»

Pero a tía Fina no la dejaban terminar su explicación. Con los ojos llorosos, daba la vuelta y se refugiaba en su dormitorio.

●·—·—·—·—·—·—·—·—·—●

Tía Marta - quien se consideraba protegida de Dios era bastante religiosa. Bueno, toda la familia lo era. En todos los cuartos de la casa no faltaban imágenes de santos.

«- ¿Tía Marta, y por qué no tienen cuadros de paisajes?

«- Porque nosotros somos católicos de corazón ferviente y como buenos fieles debemos venerar los santos.

«- ¿Pero porqué tantos santos tía?

«- Porque así debe ser hijo. Cada santo nos protege "dialgo" o "contra'lgo". Fijate, ahí tenés a San Judas Tadeo, que es abogado de las cosas imposibles... ¡Cuánto le debo!»

La «protegida de Dios» se acercaba al cuadro del santo y tocándolo varias veces con la punta de los dedos para persignarse luego, susurraba algunas oraciones que nunca pude escuchar.

«- Vaya, ahí está también San Antonio.

«- ¡Ah, ese es para conseguir novio, vea tía!

«- No "papayito", esas son locuras de la gente que no tienen fe, ni religión, ni nada. San Antonio es el que ve por las cosas perdidas... ¡Ay, todo lo que me hallado San Antonio bendito...!"

Ella entonces cerraba los ojos, se inclinaba un poco y comenzaba a murmurar algo. Me imagino que se ponía a rezar.

«- ¿Y "qués" lo que "lia" dado tía?»

Pero la protegida seguía rezando. En esa oportunidad recuerdo que tía Fina llegó al cuarto en el que me encontraba conociendo las costumbres de la familia.

«- ¿Mamá?

Buscaba a mi abuela. Mi entrevistada, dejando su meditación giró la vista para encontrar la mirada de la recién llegada.

«- ¿Mam...?»

La expresión de la tía Fina cambió al ver a su hermana. Bajó la vista y su tono de voz se volvió más suave y temeroso.

«- ¿No has visto a mi mamá?

«- ¿Y que son esos gritos vos? ¿Que acaso está loca?

«- Si no estoy gritando

«- Púchica vos, dándole mal ejemplo al niño."

La mirada de tía Fina era muy especial. Tenía unos ojos grandes, vivos. Casi siempre se los vi húmedos. No sé si debía a que siempre estaba llorando o sus ojos eran así. Su mirada era muy particular, quise poder ver dentro de ella, pero sus ojos me dominaban... me turbaban.

«- ¿Qué pasa?

La voz de la abuela rompíala discusión

«- ¡Ah, mamá! Le quería pedir permiso para salir un ratito. Quería ir a la iglesia.

Tía Marta aclaraba.

«- ¡Púchica vos, Fina! ¡Ya no aguantas la calentura! De seguro ya te vino a silbar Guayo al "bordo".»

Ese noviazgo - si se puede llamar así- era muy particular. Los dos luchaban por verse. Él llegaba a un talud que había junto a la casa y de allí comenzaba a silbarle. Mi tía, entonces, inventaba cualquier excusa para salir.

«- No mamá, es que quiero llevarle unas flores a la virgencita de la iglesia.

«- Qué bárbara, vos si no tenés vergüenza Fina. ¡Imaginate!, meter a la virgen.

"- No Marta, si querés vení conmigo, para que veas.

«- ¡Y yo que voy a hacer en medio de vos y Guayo!¡Con lo bien que me "caye" ese hombre!

«- Vaya pues... no estén peleando. Andá con ella Marta y así aprovechas para ir a la iglesia, que ya tenés tus "diyítas" de no ir.

"- ¡A la gran chucha! Y usted que le cree a ésta, mamá. Si la Fina es la mentira que dice para poder verse con Guayo."

Hacía calor esa tarde y con la poca ventilación que recibía el cuarto, era bastante incómodo permanecer allí. El techo era un tanto bajo. Poseía dos ventanas, pero una generalmente permanecía cerrada y la otra entreabierta.

«- ¿Por qué no va a jugar hijo?"

Mami me quiso decir que esas pláticas eran de mayores, así que tuve que salir. Lo cierto es que no me sentía muy bien allí. Estar viendo como molestaban a la tía Fina, no era nada agradable. Me daba lástima. Al ir saliendo continué escuchando la discusión.

●·-·-·-·-·-·-·-·-·-·-·-·-●

La mañana que cuando niño entré a este cuarto, todavía vaga por mi mente. Recuerdo que, con mis primos Ricardo y William, jugábamos a los «vaqueros» y me había resguardado allí, sabiendo que, como regla de juego, teníamos prohibido meternos a los cuartos y por lo tanto, los «bandidos», nunca me buscarían en ese lugar. Yo, mientras tanto, podría observar todos sus movimientos.

Al principio, dediqué toda mi atención a la vigilancia del exterior, pero luego comencé a fijarme en el cuarto de tía Fina. Nunca permanecía cerrado, bueno en un tiempo sí lo estuvo, pero luego comenzaron las acusaciones de la «protegida de Dios»: «ésta a saber que'sconde...», «y quién te va a robar algo vos...», "lo que pasa es que tenés miedo que mi mamá te halle algo...» Mami llegaba a revisar el cuarto muy a menudo y quizá cansada de no hallar más que una foto y tres cartas de Guayo, decidió mejor quitarle el candado a la puerta.

«- Sólo dejá topado, Fina. De todos modos, aquí no te van a robar nada.

«- Vaya pues mamá»

La habitación era bastante fresca. Quizás el jardín de al lado, justo del tamaño para alojar un par de arbustos y que ofrecían a la habitación una frágil penumbra dejaba sentir cierto grado de frescura. El cuarto de la tía tenía el espacio adecuado para acomodar la cama y un pequeño ropero que dominaba la pared, donde se localizaba la puerta. Las paredes, estaban blancas por la cal y excepto por algunos mapas del repello de la pared que se habían descascarado, el cuarto estaba siempre en orden, limpio y ventilado.

Tres cuadros colgaban de la pared, sobre la cabecera de la cama: El Sagrado Corazón de Jesús, la virgen de Guadalupe y San Juan Bosco. Tres mudos testigos de lo que allí acontecía cuando su dueña, se refugiaba en este lugar. Viéndolos ahora, parece que quisieran decirme tantas cosas...

La única ventana del cuarto, se situaba a la izquierda de la entrada y opuesta a ella, se miraban cuatro calendarios, apiñados uno encima de otro, dejando el más reciente sobre los demás. No sé por qué tía Fina guardaba los calendarios viejos, posiblemente se debiera a las ilustraciones que llevaban: "Es que así, por lo menos se adorna un poquito el cuarto", parece que le escuché decir en alguna oportunidad.

Pero lo que más recuerdo de esta estancia, es el olor a flores. A ella le gustaban mucho y siempre mantenía algunas dentro de un vaso.

●·-·-·-·-·-·-·-·-·-·-·-·-·●

A tía Marta no le gustaba hablar de edades. En una oportunidad cuando se encontraba atendiendo la venta de madera que la abuela tenía en casa, me llamó para hacer una operación matemática de una venta que se acababa de realizar. Creo que se debía a que ella no sabía realizar tales cuentas, aunque siempre lo negó.

«-Vaya, "papayito", a ver si le sale.»

El señor que estaba comprando, sonriendo apuró el resultado.

«- Sí, son 37.45

«- No, si yo sé. Es que quiero que el niño ensaye, si no se le va a olvidar."

Hice rápidamente la operación y aun cuando la revisé varias veces, el resultado que obtenía era mayor. Por fin, expuse el total al señor. Mi tía extrañada, se dirigió a mí un tanto molesta:

«- ¡Ay Dios, "papayito"!, ya se te olvidó.

«- No tía. Eso sale.»

Ella trataba de ser amable, con sonrisas y más sonrisas...

«- Ahí deje papayito, que el señor no se puede equivocar.

«- Pero es que tía...

«- No hijo, ahí que revise el señor.»

El comprador me arrebató el papel y revisándolo nuevamente, confirmó por fin que mi resultado estaba correcto.

«- Tiene razón el gordito. Yo me había equivocado.

«- Ay no diga eso, si errar es de humanos -tía Marta, buscaba ser simpática con el visitante.

«- Bueno aquí está -alargando la cantidad a ella-.

El señor ya para irse, cometió "el error" ...

«- Gracias por todo, "abuelita".

Las monedas incluidas en el pago rodaron de las manos de la ofendida que, deslizándose con la espalda contra la pared, había caído al suelo con sumo cuidado y se agitaba frenéticamente... pero sin soltar los billetes.

«- ¡Ay, este viejo me va a matar!»

Lágrimas corrían por sus mejillas, mientras el señor se disponía a auxiliarla, junto a tía Sonia, que ya se encontraba en el lugar.

«¡Uy! ¿Qué tiene? Le llamo a la Cruz Roja, doña.»

Tía Sonia, conocedora de los frecuentes brotes de enojo de 'la ofendida', no se inmutó.

«- No, no le haga caso. Mi hermana es así...»

Tía Marta continuaba agitándose en el piso.

«- ¡Ay, si me llega a pasar algo, este viejo "chuco" va tener la culpa.»

Tía Sonia, despidió entonces al extraño comprador, que sin entender qué sucedía, se marchó rápidamente. Nosotros, que ya estábamos acostumbrados a esos sobresaltos, nos dispusimos a levantarla. Sin embargo, "la ofendida", notando que el hombre se había retirado, se puso en pie, se sacudió las ropas, enjugó las lágrimas y volviendo la vista al suelo, se dispuso a recoger las monedas.

«-¡Viejo panzón!, ¡chuco!... ¡desgraciado!

«- ¡Calmate Marta! Vos, como si fuera la gran tragedia.

«- ¡Vos que sabés Sonia!... ¡Si supieras lo que me dijo el viejo chuco ese!

«- ¡Puesí Marta, pero Calmate, que no es para tanto!

«- ¡Ah si, vos así decís por qué no sabés lo que me "mentó" el hombre lépero ese!

«- ¿Y qué fue lo que te dijo, pues?

«- No tía Sonia, todo lo que hizo fue decirle abuelita.

Yo me había agachado a recoger las

monedas.

«- ¡Ay, ¡qué bárbaro!, ahora hasta vos te vas a poner en contra mía.

«- No tía, si eso dijo, vaya.

«- Bueno, ¡calmate Marta! Como sea, ya pasó. ¡No estés regañando a Guicho!"

Le di las monedas a "la abuelita". Me las arrebató y se fue murmurando hasta su cuarto.

«- Buenas noches.

«- Buenas noches" - contesté.

Abrí el zaguán y entró la figura de ebrio. El hombre con camisa blanca, manga larga, pelo envaselinado: el novio de tía Marta.

«- Me anuncia con la señora.»

Siempre que Foncho llegaba, repetía la misma requisición protocolaria. Mi primo Ricardo y yo hacíamos bromas...

«- Vaya Ricardo, agarrá tu bordón y andá hasta la sala real a anunciar que ya llegó el duque Foncho, Marqués de Ayutuxtepeque.

«- No 'chis', andá vos, que a vos te dijo."

Pero al final, ninguno tenía que ir, porque una vos aguda rompía la discusión.

«- ¿Quién era?... ¡Ah, don Foncho!, ya voy... siéntese por favor.

«- Vaya te salvaste Guicho. Ya salió su excelencia... la condesa Marta.»

La tía venía corriendo, arreglándose el peinado y con una sonrisa nada discreta.

«- Vaya Guicho y Ricardito, vayan a jugar, no vayan a estar molestando, que don Foncho viene cansado.»

El "marqués" había ingresado y con una cortesía propia de la época de los "Luises", saludaba a "su excelencia".

«- Buenas noches Martita... ¿o Tita?

«- Como usted quiera don Foncho. Si de los dos modos se "lioye" bien a "usté".»

Los dos enamorados se sentaban juntos, en esa pequeña sala, a la entrada de la casa. Esa salita tenía sólo tres muebles: un sofá y dos sillones fabricados en mimbre y pintados de un gris oscuro. Recuerdo que cada vez que, por el efecto del tiempo se dañaba la capa de pintura, se recubrían otra vez toscamente - del color que hubiera- por ello, cuando "el maquillaje" se pelaba, lucían con trazos de distintos colores, que daban una apariencia particular a los muebles.

La sala era más bien un pasillo o "corredor", como nosotros siempre le llamamos. Un pequeño pasillo con vista al jardín, que aun cuando no contaba con elementos ornamentales, era una estancia acogedora. Los muebles estaban en buenas condiciones, excepto por una parte del tejido en la parte derecha del sofá, que había sido desmembrado por "manos nerviosas".

«- ¿Y qué tal ha estado hoy, Tita?

«- Pues bien, por la gracia de Dios. Ocupada, fíjese don Foncho, como a mí me toca solita el "quihacer" de la casa.

«- Bueno, y ¿Finita?

«- ¡Ay Dios!, esa como si no viviera aquí. Sólo en la calle pasa, la "patechucho".

«- Vaya ve, y yo que la miraba diferente.

«- No, si esa así es... Se ve toda "apangada", pero es más fregada "qu'el mal de mayo'.»

Tía Marta hablaba muy sonriente y continuamente se arreglaba el cabello.

«- Bueno Tita, y 'usté' que se hace... cada día está más, guapa...»

La mano derecha de ella había dejado de componer el cabello para bajar a tomar un trozo de mimbre que salía del lado derecho del sofá. Saliente en el cual los dedos se entrelazaban ajustadamente, con el propósito de contener un poco el nerviosismo. Ese "estado" que le dominaba al estar con su 'enamorado'.

«- ¡Ay "usté", como es, don Foncho!»

Los dedos continuaban halando...

«- Contésteme pues. Como yo cada día la veo más elegante... más fresca... más 'bicha'...»

El tejido ofrecía ahora un agujero de considerable proporción.

«- Vaya vos, ya ves que está más joven.

«- Esa es la 'paja' que le da el 'maistro'."

Ricardo y yo estábamos en nuestro escondite, tras un frondoso clavel que cubría una parte estratégica del jardín, desde donde solíamos atisbar a los enamorados.

«- No, dejándome de "paja". Le queda bien el "maistro" a tía Marta.

«- "Nombe", Guicho. Si ese "maistro" sólo quiere aprovecharse de ella.

«- Vos Ricardo, yo no le veo malas intenciones.

«- ¡Ay Dios! Vos porque no has oído todas las

cosas que le dice...»

Tía Marta continuaba halando el mimbre.

«- Puesí Tita, así como es "usté", ¿le han de sobrar los novios "veá"?»

Descansó de tirar del desmembrado mueble, para comenzar a apretarse las falanges de la mano izquierda, presionándolos con los inquietos dedos de la otra mano, mientras sonreía nerviosamente.

«- ¡No "hijue"!

«- ¡Callate Guicho! ¡Ya nos vieron!

«- ¿Y que tiene perro, niña Tita?

«- Son estos "monos", que ya andan "ispiando".

"- ¡Hey Guicho, veníte por aquí!"

Ricardo y yo, "expertos en vigilancia secreta" y acostumbrados a esas "misiones", por nuestros cotidianos juegos de agentes secretos, estuvimos prontos a "salir de la zona".

Esa vez como tantas, nos arrastramos tras un pequeño gramal. Mi primo, más delgado y ágil que yo, atravesó fácilmente el arriate que circundaba un limonero, el cual se erguía justo enfrente del área de los "novios".

«- Ahí déjelos, Tita. Ya ve como son los niños.»

La operación realizada por Ricardo, me pareció sencilla. Sin embargo, cuando traté de escurrirme entre el arriate, me encontré con un pequeño cerco de púas, que se ocultaba en la oscuridad y que fue a clavárseme en la espalda. El dolor, unido a la tensión de poder ser descubierto por el "enemigo", aumentaba la tensión.

«-¡Purate Guicho!

«- ¡Perate, que me trabé en el alambre!»

Las punzadas se volvían insoportables. Decidí salir de esa trampa de cualquier forma y comencé a dar de tirones. Los pinchazos continuaban. Halé con más fuerza. El ardor crecía. Tiré... tiré..., hasta que por fin pude salir, no sin antes desgarrarme más la piel. Afuera, tuve que moverme con especial cuidado, ya que, si bien la luz era escasa, no había nada con que cubrirme y era una zona fácilmente visible desde la salita.

« ¡Híjole Guicho, te raspaste todo!

«- ¡Es que ese alambre maldito!"

Tía Marta se había levantado.

«- ¿Y por qué se va tan temprano, don Foncho?

«- ¡¡¡ Callate !!!»

Ricardo me indicaba que guardara silencio, diciéndome que sería bueno ir a curarme, puesto que me encontraba bastante lastimado. Llegamos a una de las habitaciones de la casa y comenzó la tortura curativa de recibir pinceladas de alcohol sobre las heridas.

«- Es que ya es tarde niña Tita. No vaya a ser que se enoje su mamá."

Era la voz engolada de don Foncho, que se disponía a partir, justo en el momento que la abuela aparecía.

«- ¡Ya es tarde, Marta!

«- Sí mamá... ya voy. 'Usté' como es. Ya no quiere que ni platique uno.

«- Vaya pues Marta, vamos "a'costarnos" y ya dejá de estar "rezongando".

 «- ¡Ay, usté mamá!, que va pensar don Foncho.»

La abuela daba la espalda y caminaba lentamente hacia su habitación.

«- Ya la regañaron por mi culpa, Tita.

«- No tenga pena don Foncho. A mi mamá ya le está afectando la "edá".»

Ricardo y yo salimos al pasillo cercano al jardín, para ver y escuchar con mayor detalle la despedida de los "novios". Tía Marta alcanzó a vernos.

«- Vaya "papayito", acompañe al señor a la puerta."

Como siempre era yo el elegido para servir de edecán. Tuve la intención de negarme, pero opté por obedecer. Dejé a mi primo y me acerqué a los enamorados que se estrechaban las manos.

«- Vaya pues niña Tita, que descanse.

«- Y "usté", que sueñe con los angelitos.

«- Entonces, ¡voy a soñar con "usté", Tita!

«- ¡Ay, don Foncho, "usté" como es de mentiroso!»

Yo caminaba rápidamente para cumplir la encomienda lo más pronto posible, sin embargo, cuando llegué al zaguán, los "tórtolos" seguían despidiéndose.

«- Voy a ver si puedo venir mañana, oye.

«- Cuando "usté" quiera Foncho. Ya sabe que ésta es su casa."

El tórtolo giró la vista hacia la salida y notando mi impaciencia, decidió marcharse.

«- Vaya pues niña Tita... se cuida.

«- "Usté" también Foncho. Que Dios lo proteja y lo libre de todo peligro.

«- Primero Dios, Tita.»

El «enamorado» cruzó el dintel del portón, sin dirigirme la palabra y me dispuse a cerrar. La «novia» se encaminó a su dormitorio y cuando faltaba poco para completar mi tarea, logré ver una sombra que salía al encuentro de Foncho. Abrí nuevamente.

«- Hey "maitro", regáleme una moneda.»

Un borracho caminaba al lado del enamorado, insistiéndole en su petición, pero sorpresivamente el educado, fino y cordial don Foncho, perdió el control.

«- Bueno, bolo hijueputa, cuál es la gran jodedera...»

El ebrio fue luego objeto de una lluvia de patadas y golpes que le hicieron caer, lo que no impidió que el inexplicable Foncho continuara su agresivo ataque. El bolo se cubría el rostro pidiéndole clemencia, mientras la gente que deambulaba por el lugar, se iba acercando exigiendo al atacante que detuviera su accionar. Por fin el castigador, viéndose casi rodeado por la multitud, dio la vuelta y se marchó rápidamente.

«- ¿Y qué pasa allá fuera, hijo?»

La abuela se hallaba a mis espaldas, inquieta por el barullo que se había formado en la calle. Tía Marta, pendiente de la retirada de Foncho, había venido hasta el portón y se hallaba observando el tumulto que rodeaba al beodo golpeado.

«- No es nada mamá, un ladrón que golpearon.

«- ¡Ay Dios bendito!, y a quién estaba asaltando.

«- No, es que don Foncho le pegó.

«- ¿Vos viste, "papayito"? -sentí la voz acusadora-.

«- Sí Tía Marta.»

Mami, más inquieta por mi respuesta, buscaba más aclaraciones.

«- ¿Y cómo fue hijo?

«- Es que era un bolo que le pidió una moneda.»

La «novia», abriendo los ojos, frunció los labios y con actitud incrédula mostraba su inconformidad con mi relato justificando.

«- ¡No Guicho!, ¿Cómo le va a pegar por eso?

Pa'mí que le iba a robar.

«- Vaya pues Marta, dejá que cuente el muchachito.

«- Puesí, se le acercó y entonces don Foncho lo agarró a pencazos.

Tía Marta movía la cabeza en señal de negación, colocándose los puños sobre la cintura. La abuela mantenía el interrogatorio.

«- A saber, si lo "golpió" también el bolo.

«- No mami, si ni siquiera le dio tiempo.

La tía dibujaba una pequeña sonrisa y su expresión era ahora de satisfacción e incredulidad.

«- ¡Puesí!, si él es luchador de lucha libre.

«- ¡"Perate", Marta, ¡dejá que siga!

«- No puesí, después de darle duro se fue y sólo la gente se ha quedado ahí con el bolo.

«- ¡¡Ay, san Antonio bendito!!, al rato le dio un mal golpe.»

La abuela se persignó varias veces para luego entrelazar los dedos sobre el pecho.

«- A'chís, si a él lo buscan por las buenas, es un santo. ¡ummm!, pero si le agarran con intenciones malignas, entonces tiene que defenderse.

«- ¡Púchica vos, Marta!, ya parecés abogada del hombre.»

Mi tía tenía una expresión de orgullo, satisfecha de comprobar que su novio era valiente... como tantas veces ella lo había afirmado.

«- No "papayito", yo no sirvo para eso.

«- Pero tía Marta, la van a enterrar y no la va a ver por última vez.

«- ¡Ay no, Guicho! Yo "capaz" que me desmayo. Mejor andá. "Estate" por ahí."

Me fui a sentar en uno de los sillones de mimbre que estaban en la "salita". Nunca me había fijado detenidamente en los detalles de aquel recinto. Ahora comprendo que he sido tan descuidado, al apreciar las cosas que me rodean.

Comenzaba a caer la noche y mis primos aún no regresaban de comprar el pan y el café, para la larga noche que nos esperaba. Seguía sentado allí, solo, ya que excepto por algunas señoras oscurecidas por su vestimenta, no había llegado nadie. Ocupé el tiempo para meditar... qué bien trabajan los ataúdes, tantos adornos: volutas, trazos lujosamente labrados. Por qué será que los dolientes tratamos de obtener un féretro lujoso, cuando la apariencia no influye en su función. ¿Será porque queremos demostrar con ello cuánto quisimos al fallecido o pretendemos hacer notar, que nos distinguimos hasta en eso?

Otra vez me parecía cálida la «salita», aunque en esta oportunidad lucía más triste, por el ornato fúnebre que vestía. Las paredes bañadas con listones negros y en la pared del fondo, el altar... uno de lujo, «el mejor». Había sido alquilado en la funeraria López.

●‑‑‑‑‑‑‑‑‑‑‑‑‑‑‑‑‑●

«- Si le vamos a llevar las sillas también.

«- Puesí niña Martita, pero es lo menos que le puedo dar el altar. Fíjese que lleva las cortinas, seis candelabros, las candelas, ¡Ah! Y además dos floreros, ¡púchica, un gran montón!

«- Pero don Fabián, sea un poco más considerado. Fíjese que no es el momento para hablar de rebajas, porque sólo "Diosito" santo y san Antonio bendito, sabe cómo me siento "orita" que perdí a mi hermanita. Sino ahí que le diga Clarita lo mal que he estado, "vahído" tras "vahído". ¡Púchica!, al rato me muero yo, y es que fíjese que yo padezco de...

El dueño de la funeraria interrumpía.

«- No puesí doña Marta, pero no puedo dejárselo menos.»

Eran como las diez de la mañana, cuando llegamos a la funeraria más prominente de Mejicanos, tía Marta, doña Clara - una amiga de ella - y yo.

«- Mire don Fabián, Martita dice la verdad, además "usté" ya me conoce que de mentirosa no tengo "niun" lunar. Pero es que viera que tragedia la de la familia Solano. ¡Tan queridos que son aquí en Mejicanos...! ¡y es que son tan buenos!

«- No, puesí, niña Clara, si yo no digo que me está mintiendo... pero ya le rebajé bastante.»

Seguíamos en la tarea. Tía Marta a mi izquierda, sollozando y doña Clara a la derecha, continuaba activamente en la faena de «negociar». Ella nos había acompañado, porque era «buena pa'» los negocios, como decía la abuela. Don Fabián, un señor entrado en años, vestía camiseta desmangada y unos pantalones flojos, pero ajustados del ruedo.

«- Puesí, don Fabián, piense en nosotros y en la tremenda tragedia que estamos pasando.

Al final el señor de camiseta se sentía abrumado y decidía terminar la discusión.

«- Vaya pues, niña Clara, ya no me diga más, si yo no trato de ganar pisto con el dolor ajeno. Yo sólo trato de sacar los costos... y lo de los frijolitos.

«- ¡Ay, don Fabián» Si yo no sé cómo he venido hasta aquí! Si no fuera por Clarita, que "mi'anda" acompañando, no hubiera tenido "juerzas" para venir a molestarlo.

«- No diga eso niña Marta, si no es ninguna molestia. Para mí es un gusto atenderlas. Pero ya no hablemos más. Vaya... que quede en lo que ustedes dicen. Ahí voy a ver como saco por otro lado, lo que pierdo con ustedes.»

Por fin, luego de tanta tira y encoge, salíamos ganando. La expresión lastimera de la tía había cambiado, por una de satisfacción, en cambio el dueño parecía haberse quitado un gran peso de encima.

«- Ay don Fabián, Dios se lo va a pagar. ¡San Isidro Labrador, derrame bendiciones sobre "usté" y su familia...! ¡Ah! Y sin olvidar a la virgencita del Tránsito, que es protectora de...

«- Bueno niña Marta, ya no me "santurreye" tanto, ¡que al rato me lleva Dios antes de tiempo!»

Esa mañana, el ambiente era muy particular. Principalmente porque, aun cuando la funeraria ocupaba una casa de esquina, rodeada de grandes ventanales, de "techo a suelo", la estancia, parecía oscura. Además, el brillo que reflejaban los féretros, daba un contraste misterioso a aquel lugar. Sin embargo, lo que todavía recuerdo, es un olor a cierta flor que percibí: ¿lirio?, ¿azucena?, ¿combinación de aromas florales? No sé, era un olor dulce, delicado y adormecedor. Al correr de los años, luego de otros velorios a los cuales he asistido, no importa que existieran otros aromas florales en el aire, siempre llevo grabado la fragancia "dulce", de aquel día.

● ·—·—·—·—·—·—·—·—·—· ●

«- ¡Guicho! ¿y Ricardo?

«- Andan comprando café, tía Sonia."

Seguí contemplando el altar. Tenía un crucifijo al centro y dos candelabros a cada lado. ¡Cuántos velorios habrán acompañados! Me imagino que muchos, considerando el estado en que se hallaban: el crucifijo, con diversas rayas, que dejaban ver su interior blanquecino. Los candelabros, deformados por golpes recibidos y debido a los más fuertes, habían sido burdamente soldados.

Bajé la vista, volviendo al ataúd. Tía Fina... pobrecita...

● ·—·—·—·—·—·—·—·—·—· ●

Había llegado a la casa de la abuela y a pesar de insistir tanto, llamando a la puerta, nadie abría el amplio portón de lámina. Por fin...

«- ¡Hey!, "que ondas", William. ¿Y por qué no abrían?

«- ¡Púchica!, ¡¡¡Fijate que tía Fina se mató!!!

«- ¿Qué?

«- Si "hombe". Se tomó unas pastillas pa' dormir.

«- ¡¡Híjole!!»

Una gran agitación inundaba toda la casa. El camino lo encontré despejado, ya que toda la familia se encontraba al fondo, afuera del cuarto de la tía. El desconcierto era general. La voz de la abuela, era la que más se oía.

«- ¡Pero que bárbara la Fina!, lo que nos vino hacer". ¡Esto no se lo va a perdonar, ni Dios!

«- ¡Púchica la Fina, de "verdá", que estaba loca!

«- ¡Callate Marta!

«- ¡Puesí Sonia, fíjate que pagarnos así!»

La abuela miraba incriminadoramente a tía Marta y esta optaba por guardar silencio. Mientras la discusión continuaba, aproveché para escurrirme hasta el cuarto de la tía. ¡Qué impacto! Creo que el efecto fue mayor porque era la primera vez que contemplaba un cadáver. La apariencia no demostraba congestión alguna, a pesar de que, según escuché después, los barbitúricos que había ingerido, ocasionan convulsiones y dolores agudos. Nada de eso parecía haber sucedido. Su cuerpo flácido reposaba tranquilamente sobre la cama. Tenía un vestido floreado, las medias puestas, una pulsera de plástico, un collar del mismo material y sus cabellos estaban fijos por una diadema. Su mano derecha apretaba una camándula.

Su apariencia era la misma que tenía la tarde anterior.

●-·-·-·-·-·-·-·-·-·-·-·-●

«- Hola tía Fina.

«- Hola 'papayito'.

«- ¿Ya se va a pasear?

«- No Guicho, es que quiero ir al centro a comprar unas cosas.

«- Pero va bien guapa, tía... con su vestido floreado... y hasta con diadema.

«- Ay vos Guicho, que molestás... cómo voy a ir desordenada, pues.

«- No tía, si yo fregándola estoy. Bueno, ¿y qué va a comprar?

«- Unas pastillas, Guicho. Es que me duele mucho la cabeza y como no hay aquí en Mejicanos.

«- Vaya pues, tía, que le vaya bien.

«- Bueno, hijo. Te portás bien y cuidá a tu mamá."

Qué raro, pensé que no hubiera medicinas. La tía tenía una expresión triste. Sus ojos, lucían apagados, oscuros, sin vida. Continúo su camino hacia el zaguán, lo abrió, pero antes de salir, giró la vista, recorriendo lentamente las paredes, mientras su mano derecha asía una camándula, apretándola fuertemente. No sé cuánto tiempo pasó. Lo extraño de la escena, es que la imagen de tía Fina en el portón, ofrecía un aspecto celestial, al contrastar la penumbra de la estancia, con el contraluz de la calle. Terminó el recorrido visual y llevó sus ojos hacia los míos.

«- Adiós 'papayito', cuidate mucho y que Dios te bendiga.

«- Adiós, tía. Que le vaya bien...

●-·-·-·-·-·-·-·-·-·-·-·-●

«- Vaya Guicho. ¿Y qué estás haciendo aquí

adentro?

«- Sólo quería ver a tía Fina."

La abuela había entrado al dormitorio, donde
me hallaba observando el cuerpo inerte. No
puedo explicar la expresión de mami:
¿desconcertada?... ¿desconsolada?...
¿molesta?... Creo que un poco de todo.

«- Buenos días, señora.

«- Buenos días le de Dios."

Un señor, serio de apariencia, seguido de
uno que lucía más afable, se identificaron
como miembros del Juzgado de Paz.

«- Venimos por lo del suicidio.

«- ¡¡Señor, por favor!!

«- Perdone señora. O sea que venimos a
reconocer a la occisa.

«- Vaya pues, salgámonos Guicho."

Salimos al patio. Pasado un momento,
llegaron hasta nosotros los dos señores, el
de apariencia seria se dirigió a la abuela:

«- Vamos a tener que llevarnos el cuerpo,
señora.

«- ¿Pero, por qué?

«- Es que así no podemos estudiar el caso. Debemos practicarle la autopsia.

«- ¡Ay no por Dios bendito, señor! Hágalo por esta madre que sufre. Le ruego un poco de comprensión a su corazón.

«- Pero señora, así no puedo firmar el acta de defunción.

«- ¡Señor por Dios! - intervino tía Sonia - si allí están las pastillas que tomó. Qué más hay que probar."

Todos los mayores que se hallaban en el lugar, fueron rodeando a los hombres, envolviéndolos en ruegos, para que no realizara la operación post-morten.

«- Vaya pues, pero no vayan a decir nada de esto.

«- ¡Ay, como va a creer licenciado! No sabe "usté", como se lo agradecemos, el que haya respetado nuestro dolor.

«- Comonó señora, si sólo porque me imagino la tristeza que padece usted como madre..."

La abuela tenía las manos entrelazadas sobre el pecho y escuchaba atentamente lo que decía el hombre "serio". Se marcharon los visitantes y mami, se reanimó de pronto dirigiéndose al grupo e inició la distribución de las tareas.

«- Vaya Sonia, encargate vos de 'asiar' la salita, para poner allí el altar del velorio.

«- Bueno, mamá.

«Vos Marta, andá ve lo de la caja. Andá donde don Fabián, pero no vayas sola, que vaya la Clarita con vos y vaya "usté", hijo.

"- Bueno, mami. Yo quería ir a contarle a mi mamá primero.

«- No te preocupés Guicho... ya le vamos a ir a decir».

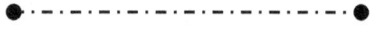

Serían como las diez de la noche. Había llegado más gente para el velorio. La abuela descansaba en uno de los sillones de mimbre.

«- Buenas noches niña Rosario. Cuánto lo siento.

«- Gracias, don Rigo.

«- ¿Y cómo fue doña Chayito?

«- Pues ya ve. Dios le da a una las hijas y él también se las quita.

«- Pero como que le oí a Martita que la Finita, no había muerto del corazón.

«- Bueno, eso fue lo que dijo el doctor.

«- Como que me dijo algo de unas pastillas...

Pero la abuela, ya no contestó.

«- Bueno pues niña Chayo. Ahí voy a ir a sentarme.

La noche siguió avanzando y para cuando comenzaron los rezos, ya todos los familiares habían llegado, además de otras personas que no conocía.

«- Santa María madre de Dios, ruega por nosotros...

«- ¿Y quién es la muerta, vos? - se escuchó un susurro.

«- ... ahora y en la hora de nuestra muerte...

«- La hija de la 'maistra' que'stá allá - dijo otra voz.

«- Dios te salve María...

«- ¡Hey!, ¿y qué pasó con el tren? - era otro susurro, que provenía de la esquina de la galera que antecedía a la salita y donde se acomodaba la madera, haciendo alusión al momento en que se servía café y bocadillos.

«- ...Señor es contigo, bendita tú eres...

«- 'Que'dioy' que pasó. Yo por eso vengo temprano. Si no, no lográs comer nada.

«- Por tu sierva, Fina. Descanse en paz.

«- Así sea.

El primer rosario había terminado, no sin la notoria molestia de la niña "Choma", la rezadora, ya que tenía que levantar cada vez más la voz, para poder apagar los murmullos. Reiniciaron los rezos... y también las pláticas...

«- Padre nuestro, que estás en los cielos...

«- ¡Hey, dame dos pues!

«- ... vénganos tu reino...

«- ... ya les gané, tengo escalera.

«- ... así en la tierra, como en el cielo...

«- ... 'Chis', a ver que hacés con estos dos pares de ases.

«- ... y perdónanos nuestras ofensas, así como nosotros...

«- Que hijueputa éste sí que's yuca, pa' la "pokariada".

«- ... Cuarto misterio doloroso: la subida de Jesús al Calvario...

"- Yo ya no quiero jugar. Dame un trago vos, que aquí no se ve claro con la 'hartazón'. Bien dijo "el chino", que iba a estar bien "caquein".

Repentinamente, un escándalo que provenía del fondo de la casa, rompió la normalidad y aún con el manejo discreto del caso, no dejó que, la mayoría de los asistentes, se percataran de lo sucedido.

«- ¡Ay, esta Marta, ¡ya va con sus ataques!

Había sido investida por otro ataque de nervios... de sus frecuentes ataques.

«- ¡Ay, siento que me quemo!

«- ¡Calmate Marta! ¡Púchica vos, la gran exageración!

«- ¡Ah sí, Sonia!, Como vos no sentís la sangre hirviendo.

«- Vaya pues, Marta. Vení al jardín, que te dé el aire fresco. Quizá se te subió la presión.

Estaba siendo presa de otra de sus afecciones emocionales, que hoy le había alterado la presión arterial, otras veces le dolía la cabeza y había oportunidades en las que se quedaba sin respiración. Esa noche todos daban sugerencias para superar el percance...

«- Que le den una Ativán.

«- No, mejor aceite crudo en un vaso de agua.

«- No, le va caer mal. Mejor échenle agua en la cabeza, pa' que se refresque.»

La última sugerencia fue aceptada, por lo que la llevaron rápidamente al lavadero, donde completamente vestida, recibió el baño de agua fría. Pero la curación no terminaba aún. Alguien llegó con un "medicamento", que le quitaría cualquier otro malestar que tuviera.

«- Échele esto don Meme, para que se relaje.

Don Meme, mi padre, tomó el frasco en sus manos y lo vertió sobre la cabeza de la recién bañada. Sólo un grito detuvo la operación.

«- ¡Ay!... ¡Ay!... ¡Me está matando!

Mi padre paró su accionar y con la expresión turbada, observaba a todos los que le rodeábamos. Finalmente, trajo hacia él, "la medicina", tratando de conocer su contenido.

«- ¡Es Formol! –dijo-.

«- ¿y eso que es? - preguntó una voz sobresaltada.

«- El líquido que le echan a los muertos para conservarlos - contestó otra voz, no menos agitada-.

Las miradas de todos volvieron a tía Marta que continuaba exasperada y estaba ahora jalándose de los cabellos, pero sin decir ninguna palabra. Otra voz tomó la decisión.

«- ¡Échenle agua, que la está quemando!

Mi padre tomó el agua que sobraba en un barril y un tío trajo más, con lo que se logró calmar el fragor del momento. Hubo que ir por más agua. Tía Marta, había comenzado a gritar. Se le echó más agua, hasta que por fin llegó la calma.

«- Llévenla para dentro.

«- Sí. Que le echen alcohol en las piernas, pa' que le vuelva el calor.

Tía Marta fue encaminada hasta su dormitorio y allí llegamos los escogidos por los mayores, para el "masaje revividor".

«- "Pucha" Ricardo, vos ya la "rayás". Por qué dijiste que le echaran alcohol.

«- Puesí, pero yo dije que "le echaran", no que nos mandaran a nosotros.

Tía Marta estaba sentada a la orilla de la cama, cubierta de pies a cabeza por una frazada. Abrigaba algo en su pecho, que no pude precisar al principio qué era, pero luego, advertí que abrazaba una estampa de San Martín de Porres.

«- Vaya, "papayito", échenme alcohol en las piernas, a ver si así se me baja este 'calenturión' que siento.

Ricardo y yo comenzamos nuestro trabajo.

«- ¡Ay, Fina, ¡no me llevés! ¡Si yo, no te quise hacer daño!

Ella tenía los ojos fijos en el techo, mientras apretaba fuertemente el santo.

«- Fina, hermanita. Pensá en los buenos momentos que pasamos juntos.

El santo fue despegado del pecho y llevado hasta los labios, mientras levantaba la voz.

«- San Martín, 'protector de los pobres'... rogad por mí.

Temblaba con mayor ímpetu.

«- ¡Fina, por tu vida!... ¡por tu alma!¡ oí a san Martín de Porres!

La alteración del estado emocional era extrema. Se apreciaba prácticamente en "trance" e incluso, no se había percatado que tanto Ricardo como yo, nos encontrábamos de pie, observándola.

«- ¡Hey, Ricardo, vamos a llamar a alguien!

Salimos corriendo de la estancia, pero cuando regresamos con la abuela, la conmoción había terminado. Tía Marta, se hallaba dormida, completamente humedecida por el sudor.

«- Bueno, déjenla allí, hijos... que mejor descanse.

«- ¡Pero mami, viera como estaba!

«- Si. Guicho. La Marta así es...»

«- Tía y porqué tía Fina siempre pasaba tan triste.

«- ¡Ay, sentimental que era!

«- Pero, "usté", la regañaba bastante, tía Marta.

«- No, "papayito", si nosotros así nos tratábamos.

«- Pero tía, yo la miraba sólo llorando.

«- Es que ella no me entendió. Bueno, creo que yo no la entendí tampoco.

«- ¡Ah, eso era!

Tía Marta recogió sus manos sobre el pecho y entrelazando los dedos, continuó.

«- No, si lo que yo quería, era el bien para

Fina. Ahí está la virgencita del Tránsito y san Judas Tadeo, que no me dejan mentir... yo sólo el bien de ella quería...

●·—·—·—·—·—·—·—·—·—·—·—·●

Cómo está de sucio el dormitorio. Lo extraño es que aun cuando ha pasado mucho tiempo, todavía se respira ese olor a flores. Ese olor característico, cuando tía Fina lo habitaba. Recuerdo que ella olía siempre a flores.

Hoy luego de tantos años, el aroma a flores es bastante especial, como dulce... sí, como "dulce de panela". Que rara definición: un olor que se percibe como un sabor. Creo que la confusión proviene de la mezcla muy arraigada que han ocasionado en mí, los recuerdos combinados con los sentimientos.

Hoy viene a mi mente ese olor dulce, ya que, sin duda, tengo un dulce recuerdo de tía Fina.

(1985)

HOJA DE VIDA

Roberto Evora Solórzano es único hijo de un matrimonio entre Manuel Antonio, un entusiasta vendedor de profesión y de Rosita (de grata recordación), una alegre comerciante.

De esta mixtura de caracteres y aptitudes se forma un muchacho que crece en Mejicanos, una populosa ciudad al norte de la capital de El Salvador.

Rober, como le llaman sus amigos estudia en los estados Unidos, a donde viaja por un período de dos años, debido a la situación política de su país que se encontraba en una cruenta guerra civil. Allá obtiene el título en grado técnico en Mercadeo y Ventas.

Regresa a su tierra en el año de 1980 para continuar estudios superiores en la Universidad Dr. José Matías Delgado, y mientras estudia comparte su tiempo con otra de sus pasiones: la música. Roberto trabaja por cuatro años en una emisora juvenil muy prestigiosa, desempeñándose como disk-jockey y desarrollando actividades de producción creativa, hasta que se recibe de Licenciado en Ciencias de la Comunicación.

Profesionalmente el Licenciado Evora Solórzano, luego de desempeñarse en noticiarios como Jefe de Redacción, trabajó en Canal Cuatro de Televisión como coordinador de Producción.

Su siguiente empleo fue en una agencia de Publicidad, desarrollando la labor de dirigir comerciales de Radio y Televisión.

En su experiencia en el área de mercadeo también ha servido en BAYER, un laboratorio farmacéutico de origen alemán, con responsabilidades directas del manejo mercadológico para Centroamérica y el Caribe.

De medicamentos, Rober pasa a desarrollar las estrategias de marketing de la cervecería de su país, La Constancia y desde allí comienza a asesorar a diversas empresas en el área del mercadeo y desarrollo organizacional.

Actualmente, Rober aprovechando su experiencia de más de dieciocho años en las disciplinas de comunicación y mercadeo de impacto, se desempeña en la asesoría de empresas y recientemente también en el área de Bienes Raíces, mediante su empresa **Joya Maya Inversiones**.

Roberto Evora Solórzano vive en San Salvador, El Salvador.

Otros libros del autor

LIBROS DEL AUTOR

Roberto Evora Solórzano tiene también otros libros en su colección:

MANUAL DE SOBREVIVENCIA PARA EL MATRIMONIO

Libro de asesoría matrimonial con técnicas efectivas y fáciles de aplicar, para mantener una relación estable y saludable.

EL SANTO QUE QUISO QUEDARSE

Novela histórica, matizada de humorismo. Narra la historia que, desde tiempos de la colonia, envuelven los misterios de las apariciones de San Roque en Las Cañas, Chalatenango, El Salvador.

AMOR CIEGO

Novela de suspenso basada en un hecho real. Desarrolla de una manera sorprendente lo complicado que pueden volverse las relaciones en las redes sociales. Por su actualidad es una problemática que puede afectarnos a todos.

Doble Sentido